セブンス・サイン
行動心理捜査官・楯岡絵麻

佐藤青南

宝島社
文庫

宝島社

contents

セブンス・サイン　行動心理捜査官・楯岡絵麻

第一章

1

いっそこの場で殺してやろうかと、富田和生《とみたかずお》は思った。

難しいことではない。相手は小柄で非力な女だ。体格でも腕力でも富田が圧倒している。側道の脇に車を寄せて首を絞めれば、そして途中で躊躇して首を絞める力を緩めたりしなければ、ものの数分で女の人生を終わらせることができる。

富田はちらりと隣に視線を滑らせた。助手席で鼻歌を歌っていた真央《まお》が、目を細めて笑う。

「なあに?」

「なんでもない」

微笑を返そうとしたが、上手く笑える自信がない。富田は視線を正面に戻し、表情を隠した。ふいにぬくもりを感じて視線を落とすと、真央の手が先ほどの情事の余韻をたしかめるように、富田の太腿をなまめかしく撫でている。

河川敷沿いの交通量の少ない道だった。道路沿いに建ち並ぶ民家の窓には白い光が灯っているものの、対向車もほとんどなく、歩行者の姿も見当たらない。殺人には絶好のシチュエーションに思えた。

「この後、どうする？」

たっぷりと吐息と媚びを含んだ声で訊《たず》ねられ、富田の胸の奥で小さな火花が弾けた。

「どうもしない。きみを自宅に送って帰る」

「でもまだ十時前なのに」

「まだ、じゃない。もう、だ」

「なんで。子供じゃあるまいし」

真央が笑う。

何年か前まで高校生だったんだから、まだ子供と変わらないだろう。

思ったが、口にはしない。その子供みたいな女に手を出して面倒な事態を引き起こしたのは、富田自身だ。

「もっと一緒にいたい。どこか行こうよ」

「困らせないでくれ」

「困らせるって？」

　富田は閉口した。

「ねえ。困らせるってどういうこと」

　肩口の生地を引っ張ってくる手を振り払う。

「わかってるだろう」

　富田が冷たい声を発したそのとき、車載ホルダーのスマートフォンが振動した。光る液晶画面に『公美子《くみこ》』という名前が表示され、息が詰まる。

「……出れば」

　それまでとは別人のような、真央の低い声だった。

「いい」

「なんで。出ればいいじゃない」

　出られるわけないだろう。無視してアクセルを踏み込んでいると、ふいに富田の太腿から離れた真央の手が、車載ホルダーにのびた。そのまま富田のスマートフォンをつかむ。

「おいっ！」

　片手でスマートフォンを取り返そうとしながら、強くブレーキを踏み込んだ。甲高い制動音が響き、身体が激しく前後に揺さぶられる。知らない間に後続車が近づいていたらしく、けたたましいクラクションが隣を追い抜いていった。

富田の車は、道路にたいして斜め向きに止まっていた。呆然とする富田の意識に、スマートフォンの振動音が滑り込んでくる。真央はまだ電話に応答していない。

「返せ！」

「ちょっと！　乱暴はやめて！」

「返せといってるだろう！」

揉み合いの末、スマートフォンを奪い取った。すでにコールは終わっており、画面には着信履歴が表示されている。どっと脱力し、思い出したように全身から汗が噴き出した。

「なに必死になってるの。ウケるんだけど」

嘲《あざけ》るような笑い声が聞こえ、血が沸騰する。

鋭く睨《にら》みつけると、真央は腹を抱えていた。

「私が本当に電話に出ると思った？　思ったから、そんなに必死になってるんだよね。出るわけないじゃない。だいたい、先生の奥さんとなにを話せばいいの」

かっと頭に血がのぼる。

なんでこんな女に手を出してしまったのか。富田はつくづく自分の愚かしさを呪った。

やるしかない。このままこの女のいうなりになっていたら、人生をめちゃくちゃにされるだけだ。

静かに唸るエンジン音をBGMに、富田が暗い衝動に突き動かされそうになった、そのときだった。

「なにあれ……」

真央が怪訝《けげん》そうに呟いた。

彼女は身を乗り出すようにしながら、河川敷の鬱蒼《うっそう》とした叢《くさむら》を見つめている。

「なにって」

富田もつられて前方に目を凝らすが、視力が悪いせいでなにも見えない。

「なにか落ちてる……動物？」

そういってしばらく目を細めた後、真央は自分の口を手で覆った。

「大変！　あれ、人じゃない？」

いわれてみれば、叢になにか大きなかたまりのようなものが落ちているように見える。

車を降りて近づいてみると、かたまりはたしかに人だった。白い着物のような衣類を身につけた男性が、横たわっている。

「大丈夫ですか」

男の脈を取ろうとして、富田は息を呑む。

脈がない。だがそれ以上に驚かされたのは、男の腕の異様な細さだった。骨に皮をかぶせただけのような頼りない手応えだ。腕だけではない。男は全身から肉を削いだように痩せ細っていた。

「救急車……救急車……」

救急に通報しようとしているらしく、真央はスマートフォンを操作していた。その姿を見て、いま衝動的にこの女を殺していたら、自分はスマートフォンのＧＰＳを追跡されて警察に捕まったかもしれないと、場違いなことを考える。

「待て。通報はするな」

「どうして」

なぜ止められたのか理解できないようで、真央がスマートフォンを片手におろおろとする。

富田は男の鼻の下に手を添え、呼吸がないのを確認してから、心臓マッサージのために男を仰向けにした。両手を重ねて置いてみると、男の胸は薄く、触れただけであばら骨の感触がわかる。もはや心臓は動いていないし、蘇生措置を行ったところでたぶん無駄だろう。

富田は自分のスマートフォンを探した。男の脈を取ろうとした際に投げ出していたようだ。地面に落ちていた。

「おれが通報する」

１１９番をタップする。

「ねえ、先生。その人どうしたんだろう。さっきの車にはねられたのかな」

急停車した際、後方から追い抜いていった車のことをいっているのだろう。

「外傷はないから、たぶん違う」

「じゃあ、どうしたの。なにかの疾患？」

それも違う。富田は液晶画面の発信ボタンをタップしながら、無言でかぶりを振った。

外傷を受けたのでもなく、疾患を抱えていたわけでもない。

現代日本ではおよそ信じられないことだが、男の死因はおそらく、餓死だ。

2

「ねえ、西野《にしの》。あれやってみせてよ」

西野圭介《けいすけ》はパスタをかきこむフォークの動きを止めた。視線を上げると、顔の前で手を重ねた琴莉《ことり》が、挑発的に唇の端を吊り上げている。

「あれ……って？」

「あれだよ、あれ。いつも被疑者にやってみせているんでしょう？　同窓会で自慢げに話してたじゃない」

「ああ……あれか」

自分の頰が引きつるのがわかった。

「そう。あれ。なんていったっけ。キネ……」

「キネシクス」

「そう、それ。キネシクス。超能力みたいに、相手の表情やしぐさから嘘を見抜くってやつ」

身を乗り出した琴莉の瞳は、きらきらと輝いている。

中目黒《なかめぐろ》にあるイタリアンレストランのテラス席で、二人はテーブルを挟んでいる。

「超能力じゃない。れっきとした行動心理学だ」

西野は訂正した。

「行動心理学？」

「うん。微細表情やマイクロジェスチャー、それとなだめ行動から、発言の真偽を見極めるんだ。人間ってのは動物の中で唯一、本心とは異なる意思表示をする嘘つきな生き物だけど、実際には完全に嘘をつき通すことなんてできない。ほんの0コンマ何秒だけど、本心が表情に表れたり、頷《うなず》く直前にわずかに顔を横に振っていたり、嘘をつくストレスを紛らすために普段とは違うしぐさをしたりする。それが微細表情であり、マイクロジェスチャーであり、なだめ行動だ」

立て板に水とはこのことだ。ほとんど意識することなく、すらすらと口から言葉が滑り出る。

「それは同窓会でも聞いた。吉岡《よしおか》とか、大竹《おおたけ》に自慢げに話してたよね」

琴莉が挙げたのは、かつての西野の悪友の名だった。高校時代にはつねに行動をともにしていたのに、いまではすっかり疎遠になっている。先週の同窓会が、およそ十年ぶりの再会だった。

「とにかくやってみせてよ、キネシクス」

琴莉はいたずらっぽく微笑んだ。

「そんな簡単にいうなよ」

「でも、西野は取り調べの最終兵器っていわれてるんでしょう」

「ま、まあね」

答えるまでに少し間が空いてしまった。質問から回答までの応答潜時は、長くても短くても後ろめたさを表す。琴莉はいまの応答潜時の長さに気づいただろうか。

「あとはなんだっけ……エンマ様、とも呼ばれてるんだっけ」

応答潜時がさらに長くなる。

「ああ。嘘を見抜くからな」

「あの西野が取り調べの最終兵器で、エンマ様ねえ……」

琴莉はにやにやとしながら、顔の横に垂れた髪をかき上げて耳にかけた。

「それ。懐かしいな」

「なにが？」

「そのしぐさだよ。高校のときから坂口《さかぐち》の癖だったじゃないか」

髪を耳にかける動きを真似ると、琴莉がふっと息を吐いた。

「そうだっけ」

「そうだよ。そのしぐさを見た瞬間、高校時代に戻った気がした」

「自分じゃ意識しないから、そんな癖があるなんて気づかなかった」

「これまで誰からも指摘されなかったのか」

意外だった。西野の記憶に住む彼女は、いつも顔の横に垂れた髪の束を鬱陶《うっとう》しそうに耳にかき上げながら、頬についた絵の具を気にも留めずにキャンバスに向かっている。

「他人の癖なんて、そんな注意深く観察しないでしょ」

そっけなくそういった後で、琴莉が感心したような口調になる。

「それにしても、さっすが取り調べの最終兵器。高校のときはいつもぼーっとしてて、授業で寝てるかときどき鼻ほじってるイメージしかなかったけど、けっこうちゃんと他人のこと見てたんだね」

「鼻なんかほじってねえし」

真っ赤になって反論しながら、西野は内心どぎまぎしていた。たしかにただのクラスメイトだと思っていたら、彼女のことをそこまで細かく観察しなかっただろう。

琴莉よりもよほど長い時間をともに過ごした吉岡や大竹の癖を挙げろといわれても、まったく思い浮かばない。

「それは冗談として、さあ、見せて。取り調べの最終兵器の腕前を」

　あははは、と、高らかに笑った琴莉が、手招きをする。

「嫌だ」

「どうして」

「仕事とプライベートは分けてる」

「らしくない。堅いこといっちゃって」

　琴莉はつまらなそうに唇を尖らせた。

「坂口だって嫌じゃないか？　プライベートなのに、仕事の技術を披露してくれなんていわれたら」

「別に嫌じゃないよ。清拭《せいしき》しろっていわれたら面倒だから断るけど、脈ぐらいなら計ってあげる。なんならいま計ってあげようか。その代わり、キネシクスを見せて」

「や、やめろってば」

　琴莉が手首を握ろうとしてくるのを、身をよじって避けた。

　いい出したら聞かない性格は相変わらずのようだ。

西野は困り果てた。

「見せるっていっても、どうやって……」

「これから私が話す内容を、嘘か本当か見極めてみて」

「今日ちょっと、風邪気味だからなあ。上手くやれるかどうか……お腹の調子もあまりよくないし、寝違えて首も痛い――」

西野のいい訳を最後まで聞かずに、琴莉は声をかぶせた。

「私、結婚する」

「マジで？」

驚きのあまり立ち上がった。

「だからあ、そういうことじゃないでしょ」

あきれたように諭されたが、それどころではない。

「本当に？　本当に結婚するのか」

「それが本当か嘘か見極めてっていってるのに」

「そんなのおれにわかるわけないじゃないか」

「やっぱり」

してやったりという感じの含み笑いを向けられ、はっとなった。

「驚かすなよ」

全身の力が抜け、椅子にすとんと腰を落とす。

「西野に嘘を見極める力があるなら、驚くようなことじゃないでしょ」

「そうだけど……」

ばつの悪さに自然としかめっ面になった。

「もしかして最初からわかってたのか。キネシクスの話がその……嘘、だって」

「当たり前じゃない。むしろなんで西野の話を吉岡や大竹が信じてるっぽいのか、そのほうが意味わからなかった。あなたたち本当におめでたい三人組だよね」

「なんでわかった」

琴莉はもったいつけるように含み笑いをし、種明かしをする。

「西野、嘘つくときいつも自分の唇を舐めるから」

「え。嘘」

西野は自分の唇に手を触れた。

「嘘ついたってしょうがないでしょ。私が西野の嘘を見抜いたのが、なによりの証拠じゃないの」

たしかにその通りだ。

それにしても自分にそんな癖があったなんて、三十年近く生きてきて初めて知った。

「じゃあ、本当に結婚の予定はないんだな」

「残念ながら。予定も相手もいない」

琴莉が肩をすくめ、憂鬱そうに息を吐く。

「看護師って勤務が不規則じゃない。なかなか良い出会いがなくてさ」

「わかる。刑事も同じだから」

「西野と一緒にしないで」

「どうして」

「どうせ合コン三昧でしょ」

真っ直ぐに指差された。

「そんなこと……」

はっきりと否定できずに語尾が濁る。だが「三昧」というほど頻繁にはやっていないので、否定してもかまわないだろう。「三昧」ではない。たまに、だ。せいぜい月に一、二回。だから「そんなことねえよ」そういっても語弊はないはずだ。するとと即座に「じゃあキャバクラ通いだ」と軌道修正され、絶句した。

「図星だ」

琴莉が勝ち誇ったように笑う。

「なな、なんで……」

どうしてわかった？

当然ながら、西野がキャバクラ遊びを覚えたのは社会人になってからだ。高校卒業以来、久しぶりに会った琴莉が、西野の日常を知るはずもない。

琴莉がにんまりとしながら説明する。

「作り話のわりに設定がしっかりしてたから。取り調べの最終兵器とか、エンマ様とか、そういうのが嘘だっていうのはすぐにピンときたけど、それにしても話のディテールがきちんとしていて、妙な説得力があった。日ごろから繰り返し話していないと、あそこまで筋の通った話はできないし、よどみなく話せない。そんな話をする相手は、初対面の女の子ぐらいしかいないじゃない。だから、合コンかキャバクラ」

話を聞き終えた後も、西野はしばらく唖然としていた。

「どうしたの」

「驚いた……坂口、取り調べの才能あるんじゃないか」

「そりゃ、西野よりはね」

琴莉が大きめの前歯を見せておどける。

「で、どこで仕入れたの。その、行動心理学？　……の知識」

「先輩だよ」西野はすっかり観念して白状した。

「行動心理学を駆使して百発百中で被疑者を自供に導くすごい先輩がいるんだ。自供率一〇〇％の、取り調べの最終兵器。いつもおれがペアを組んでる楯岡《たておか》さんって人なんだけど、エンマ様っていうのはその人のあだ名なんだ」

「へえっ。エンマ様って実在するんだね」

「ああ。マジですごいんだ。怒らせたら怖いけど、いや、普段からけっこう怖いけど、仕事にかんしては本当にすごい。あの取り調べの様子、坂口にも見せてやりたいよ」

「そのすごい先輩から聞きかじった知識を、さも自分のもののようにキャバクラで披露してたのか」

肯定の代わりに、気まずそうに眉を下げた。

「吉岡と大竹がおだててくるから、つい調子に乗っちゃって」

吉岡も大竹も、高校時代に語っていた夢とはかけ離れた職業に就いていた。そんな二人にとって、昔から刑事ドラマに憧れ、警察官になると公言していた西野は、夢を叶えた尊敬の対象になったようだ。人生でこれほど人から褒められたことがあったたろうかというぐらいに賞賛され、アルコールの力もあってつい気分が大きくなった。その結果、話を盛りに盛って最終的にはまったくの作り話になってしまったのだ。だが、あくまで相手は吉岡と大竹だけのつもりだった。途中から会話に琴莉が加わってきたときにはしまったと思ったが、もう後には引けなくなった。

「昔からほんっと単純で調子に乗りやすいよね、西野って。コロッと騙される吉岡と大竹はもっと単純だけど」

心底あきれたという感じの口調に、西野は限界まで両肩を狭めた。

「ごめん」

「謝らなくていいよ。私は騙されてないし。それに、西野のそういう単純馬鹿なところ、嫌いじゃないから。わかりやすくて一緒にいて気楽だし」

西野は顔を上げた。

「それ、楯岡さんにもよくいわれる」

「楯岡さんって、エンマ様？　私わかるわ、楯岡さんの気持ち。世の中嘘の上手いやつが多すぎて疑心暗鬼になるもん。日々凶悪犯を相手にしている刑事さんなんかだと、プレッシャーは私の比じゃないんだろうな。私、エンマ様とは美味しいお酒が飲めそう」

しきりに頷いていた琴莉が、ふと思い出したような顔をする。

「ねえ、西野。エンマ様って独身?」

思いがけない質問に、西野は戸惑った。

「独身だけど……」

「いつか私に紹介してよ」

「えっ……かまわないけど。なんで」

どういうつもりだ。紹介するのはかまわないけれど、高校時代の同級生を紹介されたって、楯岡さんだって困るだろうに。

「だって西野。エンマ様のこと大好きでしょう。ただ仕事ができるってだけじゃなくて、人柄に惚れ込んでいるのが、話を聞いててよくわかるもん。ぜったい素敵な人だと思う」

ようやくピンときた。琴莉はエンマ様を男性だと思っている。

「あのさ、坂口――」西野が誤解を正そうとしたそのとき、スーツの胸ポケットでスマートフォンが振動した。噂をすればなんとやら。まさしく楯岡からの電話だ。

「ちょっとごめん」と琴莉に断りを入れてから、電話に応答した。

「もしもし、楯岡さん。お疲れさまです」

『お疲れ。いまどこにいるの。もう寮に帰っちゃった？』

「中目黒《ナカメ》で飯食ってます。今日は無理ですよ」

『なにが無理なの』

「新橋《しんばし》まではそう遠くないけど、今日は行けません。高校時代の同級生と一緒なんです」

新橋駅のガード下には、行きつけの居酒屋がある。事件が解決すると、いつもそこでささやかな祝杯を上げるのだ。

『は？　あんたなにいってるの』

「飲みの相手が欲しいならほかをあたってください」

『馬鹿いわないでよ。なんで寂しさを紛らす相手があんたなの。あんたなんかよりＳｉｒｉと会話してたほうがよほど楽しいお酒が飲めるわ』

「僕はＡＩ以下ですか」

相変わらず容赦ない。西野は苦笑した。

楯岡の声が真剣味を帯びる。

『冗談は終わり。お楽しみを邪魔して悪いけど』

「事件ですか」

ちらりと琴莉を見て、送話口を手で覆う。

『まだわからない。身元不明の変死体。これから搬送先の病院に向かう』

「わかりました。すぐに行きます」

『住所はメールする』

通話を終えると、西野は琴莉に合掌《がっしょう》して謝った。

「ごめん。仕事が入った」

「そっか」

「いくらだっけ」

財布を取り出そうとしたが、琴莉が手を振る。

「いいよ。ここは私が出しておくから、早く行って」

「でも……」

「次は西野の奢りね」

にやりとした微笑に背中を押され、西野は椅子を引いた。

「悪い。次は必ずおれが」

「じゃあ焼き肉。楽しみにしとこ」

ジャケットのボタンを留めながらテラスからおりようとしたとき、「西野」と呼び止められた。

「エンマ様って、女の人だったんだ」

電話の声が聞こえていたらしい。

「そうだよ。男だと思ってただろ」

「うん」

その声がどこか寂しげな響きだった。あれ、と思ったが、気のせいかもしれない。

琴莉がにっこりと微笑む。

「頑張って」

「ありがとう。坂口もな」

西野はテラスの階段をおり、目黒川沿いの道を駅に向かって駆け出した。

3

楯岡絵麻《えま》は病院の玄関をくぐった。

照明を半分ほど落とした薄暗いロビーで、いくつもの人影が慌ただしくうごめいている。スーツを着た二人組の男が、白衣を着た医師らしき男と話をしているのが目に入った。捜査一課の同僚刑事である、筒井《つつい》と綿貫《わたぬき》のコンビだ。

二人のうち、先に絵麻に気づいたのは綿貫だった。絵麻に軽く目礼をしながら、筒井のいかり肩をとんとんと人差し指で叩く。

「なんだ」

鬱陶しそうに振り向いた筒井が、絵麻を認めていかめしい顔つきをさらに険しくした。

「お疲れさまです」

猫背をさらに丸める綿貫の会釈に、「お疲れさま」と絵麻は軽く手を上げて応じる。

「重役出勤がつねなのに、今日はやけにお早いご到着じゃないか。さては非番なのに相手してくれる男もいなくて暇だったから、事件発生の報《しら》せをいまかいまかと待っていたな。ついに結婚を諦めて仕事に生きる決意をしたか。見上げたもんだが、人様が亡くなるのを待ちわびるなんて、憐れな人生だな」

挨拶代わりの筒井の嫌みには、作り笑いを返す。

「家庭があるのにいつも一番に現着する筒井さんにはかないません。よほど奥さんと娘さんに相手にされず、肩身の狭い思いをされているんでしょうね」

「馬鹿いってんじゃねえ。うちは亭主関白だ。おれが家に帰るたび、嫁さんは三つ指ついてお出迎えさ」

「顔面が紅潮して小鼻が膨らみ、白目がやや血走ってますけど」

指摘すると、筒井がぎょっと目を剝《む》いた。

「なっ、なにがいいたい」

「別になにも」

「いいたいことがあるならはっきりいえ」

前のめりになった筒井が、「まあまあ、筒井さん」と綿貫になだめられる。

そのとき、背後から慌ただしく駆けてくる足音が聞こえた。

「お疲れさまです」

後輩刑事の西野だ。走ってきたらしく、絵麻たちのそばに来るなり倒れ込むように膝に手を置き、乱れた息を整える。ワイシャツの生地が、分厚い胸板にべったりと貼りついていた。

「なんで待っててくれないんですか、楯岡さん。駅から来る途中で後ろ姿を見つけたから大声で呼んだのに」

西野は肩を大きく揺らしながら泣きそうな声を出した。

「ぜんぜん気づかなかった。っていうか、街中で大声で叫ばれたら気づいてても気づかないふりしちゃうと思うけど」

「勘弁してくださいよ」

ハンカチで首もとを拭う西野から漂う汗の臭いにふと違和感を覚えて、絵麻は訊《き》いた。

「あんた、高校の同級生と会ってたんじゃないの」

「そうですよ」

「本当に？」

「ええ。そんなことで嘘ついても意味ないでしょう」

なだめ行動のたぐいは見られない。

「どうしたんですか」

綿貫が質問する。

「西野から女物のフレグランスみたいな匂いがしたから」

だからまたキャバ嬢と店外デートでもしていたのかと思った。

「だって同級生って、女ですから」

予想外の告白に、西野以外の三人が押し黙る。

「嘘！」

沈黙を破ったのは絵麻だった。驚きのあまり声が裏返ってしまう。

「嘘じゃないですよ」

そういう西野には、たしかに不審なしぐさはまったくない。

「楯岡さんには話しましたよね。久しぶりに地元で同窓会が開かれるから出席するって」

聞いた。出席できるか直前まで微妙な状況だったが、担当する事件が運良く解決したので、西野はその足で新幹線に乗り込んだのだった。

「そのときに、昔仲良かった女友達と会って、そいつもこっちで看護師してるっていうから、じゃあ今度東京でメシでも食おうよって話になったんです」

綿貫が突如として鼻息を荒くする。

「看護師だと?」

「ええ」西野はやや困惑気味だ。

「おまえ、いつの間に看護師なんかとデートできるご身分になったんだ」

「デートじゃ……」

「れっきとしたデートだろうが。じゃあ聞くが、おまえとその看護師の彼女のほかに、誰かいたのか」

「いないですけど」

「彼女は既婚か」

不審者を尋問する口調だ。

「いえ。独身で、結婚する予定もないし相手もいないって嘆いてました」

「紛れもないデートじゃないか」

「デート……なんですかね」

一瞬迷ったように虚空を見上げた西野が、笑いながら手をひらひらとさせる。

「いやでも、ないです。いまさら坂口とどうこうとか、ありえない」

だが綿貫は納得しなかった。西野の頭を脇に挟み、ヘッドロックで絞め上げる。

「畜生っ！　なに気取ってやがる！」

「別に気取ってないですよ」

「気取ってんじゃねーか！　なんでおまえが看護師とデートできるのに、おれはできないんだ！」

「知りませんよ。ってか痛い痛い！」

「うるせぇ！　おれの心はもっと痛いんだ！　その子の名前は！」

「坂口です」

「そうじゃなくて下の名前だよ！」

「こ、琴莉です」

「どんな字を書くんだ！」

「楽器の琴に、草かんむりに利益の利です」

「なんだ馬鹿野郎！　ぜったいかわいいじゃないか！」

「名前でかわいいかわかるんですか」

「わかるだろそんなの！」

「綿貫、それぐらいにしとけ」

筒井に肩を叩かれ、ようやく綿貫の技が解けた。

解放された西野が、首を擦りながら訊ねる。

「そういえば楯岡さん。僕って、嘘をつくときの癖ってありますか」

すると即座に筒井が答えた。

「唇舐めるだろ」

「えっ？」

「おまえ、自分で気づいてなかったのかよ」

綿貫も当然のような口ぶりだ。

鳩が豆鉄砲を食ったような顔とは、いまの西野のような表情を指すのだろう。

「馬鹿話はもういい。仕事だ仕事」

筒井が面倒くさそうに両手を打ち鳴らした。

「状況は」絵麻は訊いた。

「これからホトケさんを監察医務院に移送する。いま手続き中だ」

「司法解剖はこれからとして、検視は行ったんですよね」

「ああ。所轄のほうで一度。いちおうおれもホトケさんを拝ませてもらった。所轄の見立てに異議はない。おまえも見るか」

「お願いします」

所轄である狛江西署《こまえにし》の刑事に案内され、地下の霊安室へと向かった。線香の香りが漂う薄暗い廊下に並んだ扉のうちの一つを開けると、ひんやりとした空気が漏れ出してくる。

そう広くない空間には何台かのストレッチャーが並んでおり、そのうちの一台にかけられた白い布が、人のかたちに盛り上がっていた。

狛江西署の刑事に布を剝がされ、全裸の亡骸が姿を現した。

「細っ……」無意識に漏れてしまったという感じに、西野が呟く。

たしかに細い。遺体の男は不健康に痩せているために一見しただけでは年齢の見当はつかないが、身長は一七五センチぐらいありそうだ。間違いなく成人はしている。だとすれば平均体重は六十五キロから七十五キロ程度か。だがこの遺体を見る限り、その半分ほどしかないのではないか。

「身元は？」

その質問に答えたのは綿貫だった。

「まだです。なにしろ身元を示すものをいっさい所持していなかったので」

「身につけていたのは、こいつだけらしい」

筒井が顎でしゃくった先には、ステンレス製の展開台の上に衣類が置かれていた。

絵麻は手袋を嵌《は》め、衣類を手に取ってみる。

「着物……？」

作務衣《さむえ》のようなかたちの、真っ白な着物だった。

絵麻が視線を上げると、なにをいいたいのかを察したらしく、筒井が頷く。

「おそらく、どこかに監禁されてたんだろうな」

「そうなんですか」

西野が驚きに目を見開いた。

綿貫がいう。

「亡くなった男性の死因が栄養失調による衰弱死らしいっていうのは、おまえも聞いただろう」

「ええ。簡単な状況説明は楯岡さんからのメールで。二十代から四十代の男性で、狛江市の多摩川《たまがわ》河川敷近くの叢で心停止の状態で倒れているのを発見され、救急搬送の途中に死亡。死因は餓死。遺体に外傷らしきものは見当たらないという情報を読んだ時点では、正直うちらの出る幕じゃないんじゃないかと思いました。ホームレスが行き倒れたのかな、と」

絵麻もそう思っていた。痛ましい出来事には違いないものの、本庁捜査一課が出張るほどのことではない。事件性は薄いケースだ。

遺体を見る限りでは髭も伸び放題で爪も汚れ、ホームレスに見えなくもない。

だが――。

絵麻は着物の生地をそっと撫でた。

「この着物、まったく汚れていない。男性は相当衰弱していただろうから、自分で着替えることもままならなかったはず。にもかかわらず、身につけている衣類はおろしたてみたいに白い。たぶん、誰かが着替えさせたんだと思う」

「そうか。そういえばそうですね。たしかに衣類だけがやけに真新しい。監禁されていてまともな食事も与えられていなかったから、餓死したんですね」

頷いていた西野が、ふと顔を上げる。

「でも、なんのために？」

「知るか、そんなもん。それを調べるのがおれらの仕事だろうが」

綿貫に殴る真似をされ、「わかってますよ」と西野が口をすぼめた。

「検視の結果は」

絵麻の質問に、筒井が難しそうに顔をしかめる。

「物理的な暴力の痕跡はいっさいない。ケツの穴だって綺麗なもんだ」

その返答には、絵麻のほうが顔を歪めた。ともあれ、性的なものを含めて暴行はないということのようだ。

西野が腕組みをする。

「ホシはこの男性を監禁し、衰弱していく様子を観察して楽しむ異常者だったんでしょうか」

「っていうか、ホシは複数の可能性が高いんじゃないか。女性や子供ならともかく、監禁されていたのは成人男性だ。体格も小柄というほどじゃない」

綿貫の推理に、筒井が唸り声を上げる。

「だが密室に誘い込むのなら、野郎よりは若い女相手のほうが油断するだろう。上手いこと騙《だま》して閉じ込めてしまえば、あとは体格や腕力は関係ない。食事を与えずに、ホトケさんが動けなくなるまで衰弱するのを待てばいいだけだ」

そこまでいって、筒井は絵麻を見た。

「どう思う。楯岡」

「気になるのは、やはり衣類ですね。男性は髭も伸び放題で、爪の汚れを見る限りお風呂に入れてもらったりもしていなかったように思います。なのに、衣類だけは着替えさせられていた。犯人の偏執的なこだわりなのか、それとも、もっと儀式めいた意味合いがあるのか……」

絵麻は物いわぬ骸《むくろ》を見つめた。

ふと思い立って、筒井に訊ねる。

「遺体の第一発見者は」

「まだ帰してないはずだ。上で所轄が話を聞いていると思うが」

「私も話を聞かせてもらいます。西野」

「はいっ」

部屋を出る絵麻の背後から、西野の足音が追ってきた。

4

「もういいでしょう！　何度同じ話をさせるんですか！」

絵麻たちが階段をのぼってロビーに出ると、奥にある投薬窓口のあたりから怒声が聞こえた。

ジャケットを着た長身の男が、所轄の刑事らしいくたびれたスーツの男に食ってかかっている。

「申し訳ありません。ですが遺体発見時の状況をもう少し詳しく……」

「これ以上詳しくなんて無理ですよ！　だいたい、入れ替わり立ち替わり話を聞きに来るわりに、どの人も同じような質問しかしてこないじゃないですか！　一から同じ話を繰り返しているだけだ！　私は善意から捜査に協力しているんですよ。なのにこの扱いはなんですか！」

「あれが第一発見者の富田和生。川崎《かわさき》の京浜《けいひん》大学付属病院に勤務してる医者らしい」

隣で筒井が唇を動かさずに小声で告げた。

絵麻は押し問答を遠巻きにしながら、軽く顎を引いた。

「ご協力は感謝します。ですからあと少しだけ、お付き合いいただけませんか」

「お断りします。大事な家族を待たせているんです。これ以上遅くなるわけにはいきません。あ。ちょっと……」

「あ。ちょっと……」

くたびれたスーツの男を振り切り、富田が大股で歩き出す。

絵麻は正面玄関に向かう富田の進路にたいして、斜めに交わるように近づいていった。スティンザー効果。人間は正対する相手に敵対心を抱きやすい。対話をしたいのなら斜めに向き合うべし。

正面玄関の自動ドアまであと二メートルほどのところで、富田に追いついた。

「あと三十分だけ、私にくださいませんか」

「あ？」

苛立ちも露わに振り返った富田が、虚を突かれたように目を見開く。軽くウェーブしたほんのり茶色い髪に、人形のように整った顔立ち。すらりとした肢体を強調するかのような細身のパンツスーツ。絵麻の容姿はおよそ警察官のイメージとはかけ離れている。絵麻自身もそれを十二分に自覚した上で、相手を油断させるのに利用していた。

案の定、富田は絵麻を見たとたんに、自動ドアのほうに向いていた革靴の爪先をこちらに向けた。制止を振り切って帰宅しようというかたくなな意思が揺らいだ証拠だ。

絵麻はポケットから警察手帳を提示した。

「警視庁捜査一課の楯岡です」

「あなた、刑事さんなんですか」

『驚き』の表情に笑みが混ざっている。富田は完全に目の前の女刑事を侮《あなど》っている。

女性への差別意識が強そうだ。白いワイシャツに紺のスラックスという服装もなんの変哲もないものに見えて、イタリア製の高級ブランド。衣服意識も衣服の実用性も高い。ローゼンフェルドとブラックスの分類によれば、衣服意識の高い男性には『用心深い』、『権威への敬意』、『伝統』、実用性の高い服を好む男性には『不満な』、『権威者からの評価をえたがる』などの性格傾向がある。そしてシェルドンの体格類型論では中胚葉型に分類される、筋肉質で逆三角形の体型にも『競争心の強い』、『傲慢な』、『断定的』などの性格傾向がある。つねに他人と自分を比べ、他人を屈服させることで自分を満足させる、男性至上主義者。

ならばお望み通り、相手の期待するキャラクターを演じよう。

「そうなんです。このまま富田さんから話を聞けずに本庁に帰ったら、上司に叱られてしまいます。ですから少しだけお話をうかがえないでしょうか」

肩をすぼめ、懇願口調でいう。

「話ならほかの刑事さんに聞いてください。何度も同じ話をさせられて疲れました。私はもう帰りたい」

富田が顎をしゃくった先には、筒井と綿貫と西野がいた。

絵麻はいったん三人のほうを振り返り、悲しげに眉を下げる。

「そうしたいのはやまやまなんですけど、うちの係で女は私一人だから、どうしても風当たりが強くて……」

「情報を共有してくれないってことですか。まったく、非効率にもほどがある。いつの時代の話だ。あきれた組織体質だな」

富田が筒井を一瞥し、馬鹿にしたように鼻を鳴らした。

こちらの会話が聞こえていない筒井が、不可解そうに首をかしげている。

「お疲れのところ何度も同じ話をさせて本当に申し訳ないと思っています。もう一回だけ、あと三十分でぜったいに終わりますから、お願いできませんか」

「あなたの立場に同情はしますが、三十分は長い」

「じゃあ、二十分で」

まだ渋る富田に、絵麻はすかさず五本指を立てて懇願した。

「五分。五分でかまいませんから」

「五分……本当に五分で解放してもらえるんでしょうね」

「もちろんです。お願いします」

しばらく考える表情をしていた富田が、やがて頷いた。

「五分ですよ」

「ありがとうございます」

絵麻は深々と頭を下げながら、こみ上げる笑いを嚙み殺した。

絵麻が用いたのは『ドア・イン・ザ・フェイス』テクニックと呼ばれる、心理学を応用した交渉術だ。最初に難度の高い要求を突きつけて相手に拒否させ、次第に要求の水準を下げて承諾させる。最初から五分を落としどころと決めていたが、あえて三十分と大きな要求をすることで拒否させ、相手に心理的負債を負わせたのだ。

「では、遺体を発見したときの状況を話していただけますか」

富田は面倒くさそうに唇を曲げたが、承諾してしまった以上は話すしかない。

「午後十時ちょっと前でした。多摩川沿いの道を車で走っていたら、道路脇の叢になにか横たわっているのが見えたんです。最初に見たときにはゴミ袋かなにかかと思ったんです。ところが車を降りて確認してみたら人だったので、驚いて救急に通報しました。私も医師ですので、すでに心停止の状態にあるのはわかったのですが、勤務時間外に死亡宣告をする権限はありませんので」

「富田さんはお医者さまでいらっしゃるんですか」

「ええ。京浜大学付属病院に勤務しています」

「京浜大学！　名門じゃないですか」

絵麻はおおげさに驚いてみせた。

「いや。それほどでもありませんよ」

さらりと謙遜しているようでいて、富田の両肩は下がり、右足の爪先がわずかに床から浮いている。『喜び』とともに、目の前の相手に心を許していることを表すしぐさだ。

「ご謙遜なさらないでください。すごいです。じゃあ富田さんじゃなくて、富田先生ですね。富田先生、ご自宅はどちらですか」

「港区《みなと》の白金台《しろかねだい》です」

「白金台！」都内有数の高級住宅街だ。

「奥さまはシロガネーゼってことですね。旦那さまはこんなにイケメンだし、お医者さまだし、うらやましい」

「別にたいしたことないです。住んでみたらどこも同じですよ」

口ではそういっているが、膨らんだ小鼻と緩んだ口もとに隠しきれない優越感が滲んでいた。

絵麻は人差し指を顎にあて、首をかしげた。

「あれ……でもたしか京浜大学付属病院って、川崎市の――」

「中原《なかはら》区にあります。駅でいうと武蔵小杉《むさしこすぎ》です」

「そうですよね。お仕事帰りだったはずでは」

「ドライブしていたんです。大きな手術の後などは気持ちが昂《たか》ぶるので、帰宅前にあちこち走り回って頭を冷やします」

おそらくこれまでに何度も質問されていたのだろう。絵麻の疑問を先回りするように、富田がいった。川崎市中原区の勤務先から港区白金台の自宅に真っ直ぐ帰るのならば、遺体発見現場付近は通らない。当然疑問に感じる点だ。

「ドライブですか」

「ええ」

「ちなみに、今日はどのようなルートを通られたんですか」

「どのような……」富田の視線がふらふらと揺れる。

「気の向くままでたらめに走るので、細かくは覚えていないんです。申し訳ない」

「勤務先の病院を出たのは何時ごろかわかりますか」

答えるまでの一瞬の間。応答潜時の長さは後ろめたさを表す。

「六時……過ぎ、だったと思いますけど」

この場合の応答潜時の長さは「六時」という時刻を偽っているのではなく、偽るべきかどうか躊躇《ためら》ったということだろう。職場を出た時間を偽っても、同僚に確認すればすぐに嘘だとわかる。かといって正直に申告しても不審に思われる。

「七、八、九、十……四時間もドライブなさっていたんですか」

絵麻は指を折りながら、上目遣いで富田を見た。これが応答潜時の長さの根拠。一人でドライブするには、四時間は長すぎる。

「そういう……ことに、なりますね」

さすがに自分でも不自然だと思ったのだろう。富田は不審なだめ行動を頻発させている。

「四時間、どこを走ったのかまったく覚えていないんですか」

「そういうわけではありません。細かい道のりまでは覚えていないという意味です」

「四時間もあればけっこう遠くまで行けますよね」

「四時間ずっと走り回っていたわけではないので」

「どこかお店に入ったりしたとか？」

不自然に長い応答潜時。

「いえ。車を路肩に寄せて休憩したり、ですね」

どこかの店に入ったと答えれば、店員への聞き込みで嘘を暴かれると思ったか。

「富田先生。Nシステムをご存じですか」

絵麻の発言の意図を探るように、富田は眉根を寄せた。

「速度取り締まりの機械ですか」

「それはオービスです。Nシステムは自動車ナンバー自動読み取り装置です。走行中の自動車のナンバープレートを自動的に読み取り、手配車両のナンバーと照合します」

「へえっ。知りませんでした」

さして関心もなさそうな口調だった。「それで、そのNシステムがどうしたんですか」

「先生の車のナンバーをNシステムにかければ、先生が四時間どのように動き回ったのかがだいたいわかります」

富田の顔から一瞬にして血の気が引いた。

「なんの権利があってそんなことをするんですか」

「いまはありません。でも必要とあれば、それができる状況を作ります」

「なにをいっているんだ。あなた、自分のいっていることがわかっているんですか。これは脅迫ですよ。警察が民間人を脅迫しているんです」

「すみません。そう受け取られたのならお詫びします。私はただ、曖昧な記憶の空白を埋める手助けもできると申し上げただけなんですが」

申し訳なさそうに肩をすくめてみせると、富田が虚を突かれたように顎を引いた。

「いや……私も早合点してしまいました。やはり疲れているみたいだ」

自分の肩を揉みながら、首をまわしている。

「で、どうなさいますか」

「なにがですか」

「Nシステム、使います？」

「けっこうです」

「どうしてですか」

「だって関係ない。遺体を発見する前に、私がどこを走っていようと」

「関係ないんですか」

「関係ないでしょう」

さすがにむっとしたようだった。

「先生。なにを隠していらっしゃるんですか」

「失礼な。なにも隠していませんよ」

「ではなぜ『なにも隠していない』とおっしゃるときに、視線を逸らすマイクロジェスチャーが表れたんですか」

「は？」

富田が威圧的に顔を歪める。だがこわばる頬と痙攣するまぶたに『恐怖』が宿っていた。

「いい加減にしてくれませんか。私は多忙にもかかわらず捜査に協力しているんだ。それをまるで犯人扱いじゃないか」

「犯人じゃないんですか」

「ふざけるな！」

眼を血走らせて怒鳴る富田に、なだめ行動はない。事件に直接関係している可能性はなさそうだ。

だが絵麻はあえて追及を続けた。

「富田先生が遺体を発見したのではなく、遺体を遺棄したという可能性も、考えられますよね」

「なんだと！」

「違うんですか」

「違うに決まってるだろう！　なんでこんな扱いを受けなければならないんだ！」

「真実を語っていないからです」

「とんだいいがかりだ。なにを根拠に……」

「一刻も早く帰りたそうにしている」

「だからそれは同じ話を繰り返しさせられてうんざりしているからで」

「それだけが理由じゃないはず。後ろめたいことがあるから早くこの場を立ち去りたいのよ」

にわかに絵麻の口調が鋭くなり、富田がぎょっとした顔になる。

「滅茶苦茶だな。警察からこういう理不尽な扱いを受けたことはしっかり覚えておきますからね」

「フリーズ、フライト、ファイト」

「なんですか、それは」

「危機に陥った動物の行動は三つの段階を踏むといわれています。まずはフリーズ――硬直、次にフライト――逃走、最後がファイト――戦闘。三つのFです。富田先生はいまファイト――戦闘のフェーズに達しています。私の追及に多大な危機感を抱いている証拠です」

「馬鹿な。なんなんだ、いったい」

口ではそういっているが、『恐怖』の微細表情が頻出している。

最初に富田を見た瞬間に、この男はなにかを隠していると直感した。

富田は背が高く、筋肉質な体つき。中胚葉型。中胚葉型の性格傾向としては、支配的、断定的、衝動的、傲慢な、などがある。そこだけを取れば、何度も同じような内容の話をさせられたことで苛立ち、事情聴取を一方的に終わらせるという行動にも、納得がいくかもしれない。

だが富田は全身を高級ブランドで固めている。勤務先の大学名と住んでいる場所に触れたときの得意げな様子からも、強烈なブランド志向があるのは明らかだ。行き過ぎたブランド信仰は自分への自信のなさ、コンプレックスの裏返しだ。そしてそれは権威への従順さにつながる。権威の象徴ともいえる警察の捜査には、普通なら喜んで協力するだろう。多少事情聴取が長引いたところで、あんなふうに激昂《げっこう》して帰ろうとするのはありえない。つまり、なにかしら後ろめたい事情を抱えている。

「もう帰ります」

一方的に話を打ち切り、出て行こうとする。

「いいんですか、帰っても」

富田が立ち止まり、睨むようにこちらを振り向いた。

「どういう意味ですか」

「言葉通りの意味です。先生がなにか隠し事をなさっているのだとすれば、私たちは捜査でそれを暴きます」

「また脅しか」

懸命に虚勢を張っているが、富田の顔に浮かんだ『恐怖』は隠しようもない。

「脅しではありません。事実を述べたまでです。警察に身辺を嗅ぎまわられると、富田先生にとっても都合の悪いことになる可能性があります。その前にご自身でお話しになったほうがよろしいかと」

「紛れもなく脅しじゃないか」

「違います。富田先生が私たちに本当のことをお話しになっているのなら、いまの私の発言は脅しにはなりません。まったく問題はないはずです」

「本当のことを話しています」

「なら問題はありませんね。どうぞお引き取りください」

絵麻は軽く会釈をした。

だがあれほど帰りたがっていたにもかかわらず、富田はその場を立ち去ろうとしなかった。

「ご協力ありがとうございました」

うやうやしく頭を下げたが、富田は動かない。怒りと屈辱を懸命に堪《こら》えようとしているらしく、握りしめたこぶしが白く変色している。

絵麻はなぜ帰らないのかという感じに首をかしげてみせた。

「どうなさいました？」

「……いんです」

うつむきがちなぼそぼそとした呟きに、耳に手を添えて訊き返す。

「なんですって？　すみませんが、声が小さくて聞き取れませんでした。もう一度お願いできますか」

「だから関係ないんです！　あのご遺体と私の事情は！」

「つまり、これまで富田先生がお話しになった遺体発見時の状況に、嘘があったことをお認めになるんですね」

絵麻は不敵に唇の片端を吊り上げた。

5

「ええ。刑事さんのおっしゃる通りです。私は富田先生とお付き合いしています。昨日も仕事の後ホテルで過ごして、自宅まで送ってもらうところでした」

水沢《みずさわ》真央は胸を張り、真っ直ぐに絵麻を見つめながら宣言した。

そのあまりに堂々とした態度に、隣のテーブルにいた看護師たちのほうが居心地悪そうに首をすくめている。

京浜大学付属病院の職員食堂だった。絵麻と西野は、テーブルを挟んで真央と向き合っている。富田が身元不明の遺体を発見した際、実は同僚の水沢真央と一緒だったと告白したため、夜が明けるのを待って京浜大学付属病院を訪問したのだ。事前に近所の喫茶店を調べておいたのだが、真央は「事情聴取は職員食堂でかまいません」といい張った。いまの態度を見る限りだと、むしろ周囲に富田との関係を知らせたかったようだ。

「彼の奥さんから電話がかかってきて、彼とちょっと喧嘩みたいになったんです。

いったん車を道の端に寄せて止めたときに、叢になにか大きなものが落ちているのに気づいて……」

「最初に気づいたのは、水沢さんだったんですね」

西野が確認し、真央が頷く。

「そうです。私、両目とも二・〇なんです。なんだろうと思ってよく見てみたら、手足のようなものが見えて、あれは人じゃないかって彼にいいました。近づいてみたらやっぱり男の人で……」

そこで真央は、なにかを思い出したような顔をした。

「そういえば、直前に私たちの車を追い抜いていった車がいて、私はその車にはねられたんじゃないかって思ったんですけど、彼がそれはないって」

「富田先生のおっしゃる通りです。ひき逃げではありません。遺体には、まったく外傷がありませんでした」

絵麻はいった。

「じゃあ、本当に餓死だったんですか」

「すみません。それ以上は」

絵麻が捜査情報の開示をやんわり拒んだのを、肯定と解釈したらしい。

「いまどきそんな亡くなり方をする人がいるんですね。富田先生がそういったときには、まさかと思いましたけど」

あらためて驚いたという感じに、真央が呆然とする。

「富田先生の話では、男性を発見した時点ですでに心停止の状態だったとうかがいましたが」

「私は男性に直接触れていないので、なんとも……先生がそういうのなら、そうだったんだと思います。救急車が到着するまで心臓マッサージを行っていたのは先生ですから」

「水沢さんはそのとき、なにを」

責められたと感じたらしく、真央がややむきになる。

「私だってできることならなにかしたかったですよ。看護師ですから。目の前で人が亡くなっていくのを、黙って見ているなんて耐えられません。でも先生がなにもするな、なにも触るなって。救急にだって最初は私が通報しようとしたんです。だけど彼が、おれが通報する……って。なんでそんなことをいうのか意味がわからなかったけど、警察にいろいろ聞かれるのがわかっていたから、私を追い払うつもりだったんですよね。あんなときによくそんなことまで頭が回るものだと、後になって感心しました。やっぱり医師って頭の回転が速いんですね」

精一杯の皮肉をこめたような口調だった。

「つまり富田先生の指示で、あなたは救急の到着前にその場を立ち去った」

「そうです。財布から一万円札を渡されて、タクシーを拾って帰れといわれました。タクシーなんかそうそう通るような道じゃないから、歩いて帰りましたけど。自宅まで二十分ぐらいの場所でしたし」

その後も遺体発見時の状況を詳しく聞いたが、富田の話以上の事実は出てこなかった。

「せっかくの休憩時間にすみません。捜査にご協力くださり、ありがとうございました」

「いえ。かまいません。だって本当は、私も昨夜のうちに事情聴取を受けているはずだったんですから。あの人が事実を隠していたのがいけなかったんです。刑事さんたちに余計なお手間を取らせてしまいました。私のほうこそ、すみませんでした」

真央は丁寧なお辞儀で詫びた。

「西野。行くわよ」

絵麻が椅子を引いて立ち上がったそのとき、なぜか西野がテーブルに両手をついて前のめりになった。

　真央が怯えたように身を引いている。

　西野はじっと真央を見据えながら告げた。

「別れたほうがいいと思います」

「えっ……」

「だってそうでしょう。あの男は救急車を呼ぼうとしたあなたを止めてまで、存在を隠そうとしたんです。イケメンだしお医者さんだしハイスペックには違いないけど、卑怯な男ですよ。あなたにはもったいない」

「はあ」真央はドン引きしている。

　絵麻は思わず天を仰いだ。余計なお世話にもほどがある。

「西野」

　ジャケットの襟をつかんで立ち上がらせようとする。西野は引き立てられながら絵麻を振り仰いだ。

「楯岡さんもそう思いませんか。彼女はこんなに……」

　西野に見つめられ、真央が身を引く。

「こんなに潑剌《はつらつ》として、素直で魅力的な女性なんです」

「それがあんな身勝手で保身しか考えていないような男に弄《もてあそ》ばれるなんて、酷い話だ。見ていられません」

「かもしれないけど、私たちが首を突っ込む話でもない。行くわよ」

襟首を引っ張ると、西野はなおも抵抗して真央に訴えた。

「あんな男とは別れるべきです。あなたのことを一番に考えて、もっとあなたを大事にしてくれる男が、きっと現れます」

真央は困惑した表情を絵麻に向けた。

「ごめんなさい。こいつ馬鹿だから」

絵麻に指差され、西野がむっとする。

「でも馬鹿正直だからこそ、信頼はできる。私もこいつのいってること自体は間違ってないと思う。あなたには幸せになる権利がある。その権利を行使しても、いいんじゃないかしら」

「幸せになる、権利……」

言葉の意味を噛み締めるような呟きだった。こころなしか、真央の瞳が潤んでいる。よほどつらい思いをしてきたのだろう。

「そうね」

「たとえば、そうね」

絵麻は食堂の一番奥にあるテーブルを見た。そのテーブルでは、眼鏡をかけた気弱そうな白衣の男が本を読んでいる。いや、読んでいるのではなく、読んでいるふりをしている。げんに絵麻が視線を向けた瞬間、目が合い、慌てて手もとの本に視線を落とした。

「あの彼」

絵麻の視線を追って、真央も振り返る。

「放射線科の西村《にしむら》さん」

真央がいう。知らぬ仲ではないようだ。

「彼、あなたのことが好きみたいね」

「えっ」

真央が自分の口を手で覆う。

「さっきからずっと、本を読むふりしながらあなたのことを気にしてた」

「それは、私が警察に事情聴取されてて気になったからじゃ……」

「ほかの人たちはそうだったけど、彼だけはそういう好奇の視線じゃなかった」

「なんでわかるんですか」

「わかるの」

根拠は示さなかったが、真央はそれ以上理由を訊ねようとしなかった。

「彼なら少なくとも、富田先生よりはあなたを大事にしてくれるんじゃないかしら」

絵麻は歩いていき、西村に声をかけた。

「欲しいものがあるなら、もっとはっきり欲しいと意思表示しなさい」

西村がぎょっとしながら顔を上げる。

「それじゃ」

「頑張って幸せになってください」

こぶしを掲げて二人を激励した西野が、追いかけてくる。

廊下に出たところで絵麻の隣に並んだ。

「いやあ。捜査的には空振りでしたけど、なんか良いことした気分ですね」

すがすがしい表情で笑っている。

「ほんと馬鹿じゃないの。おせっかいもほどほどにしなさい」

「おせっかいはお互い様じゃないですかね。わざわざ彼女に気のありそうな同僚を教えてあげたりして」

「ああでもしないとあんたが動かないと思ったからよ。そもそも、独身で誠実で彼女を大切にしてくれる男と付き合ったからって、彼女自身が幸せを感じるとは限らないんだから。人は条件で人を好きになるわけじゃない」

「そうかもしれないけど、未来のない男とずるずる関係を続けるよりはずっと建設的じゃないですか」

「そうかしらねえ」

そんなに単純な問題でもないと思うけど。

「それにしても……」ふいに思い出し笑いがこみ上げる。

「なんですか」

「あんた、彼女のことタイプじゃないでしょ」

「わかりました？」

西野が照れ臭そうにいう。

「わかるわよ。あんた、彼女のことを褒めようとして、言葉を選んだわね。不自然な応答潜時があった。嘘でもかわいいとか綺麗とかいっておけばいいのに、溌剌として素直……って」

堪えきれずに吹き出してしまう。

「思ってもいない言葉で褒めたら、逆に失礼かなと思って」

「そんなところで誠実さを貫いてどうするの。嘘も方便って言葉を知らないの」

「わかってますよ。客観的には彼女も美人なほうなんだろうとは思うんですけど、僕自身はなんというか、もっと派手な感じが好みといいますか」

「キャバ嬢みたいなね」

西野が照れ臭そうに自分の頭を撫で回している。

「いいんじゃない。馬鹿がつくほどの正直さはけっして美徳にはならないと思うけど、だからこそ私はあんたといて楽だし」

「それ、喜んでいいんですかね。昨日、坂口にも同じことといわれたんですけど」

「坂口って――」

誰？　といいかけたそのとき、「西野」と女の声がした。

廊下の先から看護師が、ポニーテールを揺らしながら小走りに近づいてくる。

「坂口！　こんなところでなにやってるんだ？」

西野は上体を大きく仰《の》け反らせ、幽霊でも見たような驚きようだった。

そのとき絵麻は思い出した。どこかで聞いたことのある名前だと思ったが、坂口というのは、西野が昨日デートしたという高校時代の同級生だ。

「なに間抜けなことといってるの。仕事に決まってるでしょう」

気の置けない関係ならではといった感じの、彼女の口調だった。

「そっか。坂口の働いてる病院って、ここだったんだ」

西野はいま来たばかりのようにあたりを見回した。

「西野こそなにやってるの。どこか悪いの」

心配そうな顔をされ、西野が両手を振る。

「違う違う。おれも仕事」

そういって、自分のスーツの胸もとを上から下へと撫でた。

「仕事?」

そのとき初めて、絵麻のほうに彼女の意識が向いたようだった。こちらを見て不思議そうに首をかしげる。

「この人、おれの先輩の楯岡さん」

「楯岡さんって……えっ。あのエンマ様?」

彼女の顔に大きな『驚き』が表れる。

「あの?」

なにを話したの。横目で睨む絵麻に、西野が潔白を訴えるように手をぱたぱたと振った。

「はじめまして。私、西野の高校のときの同級生で、坂口琴莉っていいます」

琴莉が一歩後ずさり、恐縮した様子で深々とお辞儀をする。

「楯岡絵麻です。はじめまして」

「びっくりしたあ。エンマ様がこんなに綺麗な人だと思わなかったから」

両手を胸にあてる琴莉に「顔だけは綺麗だけどな」と、西野が耳打ちする。

「顔だけ？」

西野がぎくりと動きを止めた。

あははと屈託なく笑い、琴莉がいう。

「西野、ちゃんと仕事できてますか。皆さんのご迷惑になってません？」

「なにいってんだよ、坂口。できてるに決まってるだろう」

西野は不服そうに唇を尖らせたが、絵麻が腕組みをして考え込むふりをしているのに気づいたらしい。すがりついてくる。

「楯岡さんもなんで考え込んでるんですか」

「難しい質問だから」

「難しくないでしょう！　もう！」

西野が地団駄を踏み、琴莉がまた笑った。笑いすぎて涙が出たらしく、目もとを拭いながらいう。

「せっかく噂のエンマ様に会えたし、もっと話していたいけど、仕事中だから」

「う、うん。わかった」

「楯岡さん。西野をよろしくお願いします」

「母親か！」

西野のツッコミに、琴莉が振り向いてぺろりと舌を出した。後ろ姿が遠ざかっていく。

「すごく良い子じゃない」

「ええ。良いやつです」

「美人だし」

「そうですね」と素直に認めてしまった後で、口が滑ったという顔になる。

「ついに西野にも春が来たか」

にやにやと意味深な横目を向けると、「そんなんじゃないですって」と懸命に両手を振って否定された。

「どうして。まさか彼女じゃ不満だなんていわないでしょうね」

「満足とか不満とかの次元じゃないです。高校のときのツレですよ。いまさらそんな雰囲気になんか、ならないでしょう」

「そんな雰囲気になるかどうかは、あんた次第じゃないの」

ぐっ、と言葉を詰まらせた西野は、一瞬考えたようだった。だがすぐにぶんぶんとかぶりを振る。

「いいや。ないです。ありえません」

「他人のプライベートにはずけずけ踏み込んでいってアドバイスするくせに」

西野は拗《す》ねたように唇をすぼめ、それきり黙り込んだ。

病院のロビーを抜け、外に出る。

駅のほうに向かって歩いていると、ふいに西野が立ち止まった。電話がかかってきたらしい。

「綿貫さんです」

絵麻に告げてスマートフォンを顔にあてる。

「もしもし、お疲れさまです。いま武蔵小杉です。富田と一緒に遺体を発見した女性に話を聞いてきました。いえ、残念ながら収穫といえるほどのものはありませんでした。そっちはどうですか……はい……はい……えっ」

通話しながら、西野が困惑した表情で絵麻を見た。

「漆《うるし》……って、あの漆ですか」

6

「そう。あの漆だ。塗料に使われるあれ」

筒井が右手を箸に見立て、左手の見えない椀からなにかをかき込むようなジェスチャーをした。塗料としての漆の使用例として、椀と箸を挙げたつもりらしい。

「それが、遺体の胃の中から?」

西野は自分が漆を飲まされたように、不快そうに胸をかいている。

「ああ。しかも相当な量らしい」

綿貫は神妙な表情だ。

絵麻たちは狛江西警察署のロビーにいた。司法解剖の結果を受けて正式に捜査本部が設置されることになり、署に集合してきたのだ。捜査会議は一時間後。五階の大会議室で開かれることになっている。これからしばらくは、捜査本部に泊まり込みになりそうだ。

「そもそも漆って、飲めるものなんですか」と西野。

「ためしに飲んでみるか」

綿貫がいじめっ子の口調になる。

「いや。遠慮しときます。少なくとも美味しくはなさそうだし」

「美味くないどころか、大変なことになるぞ。激烈な嘔吐、発汗、利尿作用。数日でげっそり痩せ細るから、ダイエットには最適だな」

筒井が皮肉っぽく頬の片側を吊り上げた。

「そういうことなら、やっぱり僕は遠慮しときます。ただでさえお腹弱いんで」

西野が自分の腹を押さえる。

「楯岡はどうだ。漆ダイエット」

「ダイエットが必要なのは筒井さんのほうでしょう」

不謹慎な冗談をたしなめるように眉をひそめ、絵麻は訊ねた。

「犯人は、被害男性を即身仏にでもしようとしていたんでしょうか」

筒井は自分がその情報を開示したかったらしく、やや不満そうに鼻を鳴らした。

「いつもながら感心するぜ。しょうもない知識だけは豊富だな。おまえさんのいう通り、その可能性を指摘する声も挙がっているらしい」

「即身仏って、ミイラのことですか」

西野が絵麻と筒井の間で視線を往復させた。

「厳密にはミイラじゃない。ミイラはすでに亡くなった人の遺体を保存するために第三者が内臓を取り除き、防腐処理を施して作るのにたいし、即身仏は修行として自分の意思でミイラ化するものだから」

絵麻の説明が腑に落ちないらしく、西野が口をへの字にする。

「自分の意思でミイラに？」

筒井が口を開いた。

「並大抵のことじゃないらしいがな。ほとんどが失敗に終わるそうだ」

「ほとんどって、そんなにたくさんの例があるんですか。自分の意思でミイラになるって、いい換えれば自殺ですよね」

法律的にはどうなんですかね、と、西野が同僚たちを見回す。

筒井が仰々しく頷いた。

「現代では紛れもない自殺だ。法律で禁止されているし、即身仏になるのを手助けした人間も自殺幇助《ほうじょ》で罰せられる。だが明治の初めまでは密教の修行として認められていたし、たくさんの坊さんが即身仏になろうとしたようだ」

絵麻もいう。

「もちろん、修行僧は自殺が目的だったのではなくて、即身仏になる過程で悟りを開くことが目的だったわけだけど。苦行に耐《た》えて即身仏になることで、悟りに辿り着けるという考え方」

「明治の初め……意外と最近まで、そんなことが行われていたんですね」

西野は驚きのあまりしばらく放心した様子だったが、思い出したように訊いた。

「その即身仏になるために、漆を飲まないといけなかったんですか」

「そう。ミイラの場合には防腐処理が施されるけれど、即身仏は死後に他人の手が加えられることはない。あくまで自分の意思で、死んだ後も腐りにくい肉体作りをして準備する必要があった」

「死んだ後に腐りにくくする準備……って」

西野が首をかしげる。

「まず、木の実や木の皮などしか食べないで何年も過ごす。死後腐敗の原因となりやすい筋肉や脂肪をできる限り落として、骨と皮だけになるの」

「脂肪だけじゃなく、筋肉まで落としちゃうんですか」

「減量中のボクサーどころの話じゃないな」

西野と綿貫が口々にいった。

「そして身体から余計なもの——あくまで即身仏になるために余計なものという意味だけど、それがなくなったところで、仕上げに漆を飲む。さっき筒井さんもいっていたように、漆には強烈な嘔吐、発汗、利尿作用がある。漆を飲んで嘔吐するのを何度も繰り返すことによって、身体から水分を出し切るの」

そこからは筒井が説明を引き継いだ。

「そこまで準備したら空気穴だけを開けた地下の石室に入り、息絶えるまで読経を続ける。千日後に掘り出してみて初めて、即身仏になれたかわかるんだとよ」

「腐敗したり白骨化したりしていたら失敗。ミイラ化していたら成功」

絵麻がいい、筒井がやれやれといった感じにかぶりを振る。

「死んでみないと成功したかどうかわからないんですね」

綿貫は啞然とした様子だ。

「即身仏は現存するもので全国に十七体。当然ながら、失敗例はその何倍もある。明治十年に即身仏が禁止された際には、同時に即身仏を掘り起こす行為も禁止されたから、それこそ石室に入ったまま存在を忘れられ、いまだに地下に眠っているものもあるかもしれない」

絵麻の説明に、西野がぶるりと肩を震わせる。

「ひいっ。頑張って修行しても、存在を忘れられたらたまんないですね」

「ホシがあの遺体の男性を密室に閉じ込め、衰弱させたのは、あの男性を即身仏にするのが目的だった……そういうわけですか」

綿貫の言葉に、絵麻は頷いた。

「あくまで可能性の話だけど。漆を飲まされた以外の暴行の痕跡はないし、男性が身につけていた着物を見ても、なんとなく儀式めいた印象を受ける。ただ密室に閉じ込めて衰弱していく様子を見るのが目的だった、というより、それが目的達成のための手段だったと考えるほうが、犯人の行動に納得はいく」

「胸糞悪い話だけどな。てめえが即身仏になるんならともかく、他人を即身仏にしようとするなんて、いかれてやがる」

筒井が吐き捨てるようにいう。

「あの男性が、自分の意思で即身仏になろうとしていたという可能性はないんですか」

西野が口にした疑問に、絵麻はかぶりを振った。

「叢に倒れてたのよ。身分を証明するものも、スマホもいっさい持たずに」

「お腹が減ってどうしようもなくなって、近所のコンビニにでも出かけようとしていたとか」

「馬鹿か、おまえは」

「ＯＬのプチ断食じゃないんだぞ」

筒井と綿貫に次々罵倒され、西野が自分の耳を塞ぐ。

「わーわー、わかりましたよ。皆さんのおっしゃる通りです。そんないっせいに攻撃しなくてもいいじゃないですか」

「てめえで即身仏になろうとしてたなんて、そんだけ馬鹿げた解釈ってことだ」

筒井がなおも西野を攻撃する横で、綿貫が状況を整理した。

「亡くなった男性は何者かによって監禁され、ろくな食事も与えられずに衰弱させられ、その上漆を飲まされるという暴行を受けていたものの、犯人の隙を見て逃げ出した。けれど文字通り最後の力を振り絞った結果、河川敷で力尽きて死亡した、ということですか」

「そう考えるのがもっとも自然ね。犯人たちが男性を意図的に放置した、という可能性がないわけではないけど」

「かりにおまえさんの推理通りだとして、もしもホトケさんが自分の足で監禁先から逃げ出してきたとすれば、監禁現場はそう遠くないってことだよな」

筒井が自分の顎を触った。

「男性の衰弱具合を考えれば、かなり狭い範囲に限定されると思います。せいぜい半径五〇〇メートル程度じゃないでしょうか。しかも遺体発見現場は河川敷沿いの道だから、半径の河川側には民家がなく、捜索範囲をさらに絞り込めます。たしか遺体の爪の間には、コンクリート片が詰まっていたんですよね」

「ああ」筒井が事実を確認するように、綿貫と視線を交わす。

「司法解剖の報告書に、記述がありました。密室に監禁された男性が壁をかきむしった際に、壁材が爪の間に入ったと考えられる、ということです」

西野がはっとした表情で絵麻を見た。

「ということは、監禁現場はコンクリート造の建物」

「そうね。ビルの多いオフィス街ならともかく、住宅街ならば、木造建築ではないというだけでかなり絞り込まれる」

「ホトケさんの身元はわからないし、ホシの意図はわからないしで、かなり厄介なヤマになりそうだと思ったが、このぶんだと意外にすんなり解決するのかもしれないな」

「そうですね。あまり時間はかからなそうですね」

筒井と綿貫の楽観的な発言の通り、二日後には遺体発見現場近くに不動産を所有する男が任意同行された。

7

絵麻が取調室の扉を開くと、デスクの向こうで髪の薄い中年の男が顔を上げた。垂れたまぶたに覆われた目を見開き、血色の悪い唇をわずかに開く『驚き』の微細表情を表出させる。それだけではない。男の表情にはわずかな『安堵』も混ざっていた。

「ええと、前島邦雄《まえじまくにお》さん……でいいのかしら」

絵麻は前島の対面の椅子を引きながら、デスクに広げた捜査資料に目を落とした。どこか呆けたような表情で女刑事を見上げていた前島が、我に返ったように口もとを引き締める。

「そうです」

「これから前島さんの取り調べを担当する、楯岡絵麻です。あっちは西野……って、もう自己紹介は済んでたかしら。ねえ、西野」

絵麻が軽く顎をしゃくった先には、一足先に入室した西野が、壁に向かってノートパソコンを広げていた。絵麻の取り調べには記録係として西野を立ち合わせるというのが、捜査一課での慣例になっている。

西野はちらりとこちらを振り返っただけで、絵麻の質問には答えない。

絵麻はおおげさにため息をついた。

「またあんた、最初から重要参考人《ジュウサン》を犯人だと決めつけてるの？」

反応はない。それ以上の会話を拒絶するかのような聞こえよがしなキータイプ音が、狭く殺風景な空間の沈黙を埋めていた。

「聞いてる？　捜査に予断は禁物だって、いつもいってるわよね？　西野っ」

タイプ音がいっそう大きくなった。

絵麻はやれやれといった感じに肩をすくめ、前島に向き直る。

「けっして悪い人間ではないんだけど、思い込みと決めつけが激しいのよね。警察って古臭い男社会だし、あんな感じの頭の固い連中ばっかりでときどき嫌に――」

あまりにタイプ音がうるさくなったので、思わず背後に怒鳴った。

「やめなさいってば！　キーボード壊す気なの」

不満げな沈黙の後、ようやくタイプ音が落ち着いた。

「本当にごめんなさい」

両手を合わせて謝ると、前島はかぶりを振った。

「いいえ。あなたが悪いわけではありませんから」

その反応に、絵麻は内心でほくそ笑む。すべては計算通りだった。

西野を先に入室させ、しばらく時間を置いてから取調室に入るのは、絵麻の常套《じょうとう》手段だった。

西野は身長一八五センチ。スーツの上からでもわかるほどの屈強な肉体を持ち、街を歩けば肩で風を切るチンピラも道を譲るほどのいかつい風貌だ。おまけに異常なほどに正義感が強く、思い込んだらブレーキの効かない猪突猛進型の性格。そんな後輩巡査に、取り調べ相手への予断をたっぷりと与えて入室させれば、犯罪者憎しで取り調べ相手に威圧的な態度を取るのは火を見るより明らかだ。

記録係ですらこうなのだから、取調官はどんな強面が現れるのだろうと、取り調べ相手は身構える。絵麻が取調室前の廊下で手持ち無沙汰にスマートフォンをいじる数分が、数時間にも感じられるだろう。

だが意外にも取調官として登場するのは、モデル並みの容姿を誇る美貌の女刑事だ。なんだ、こいつか。間違いなく拍子抜けする。その上、女刑事は取り調べ相手にたいして好意的に振る舞う。警察組織と距離を置いているような発言も見受けられる。

もしかしたら――。

そこに油断が生まれる。もしかしたら、この女刑事は味方なのかもしれない。もしかしたら、自分を救ってくれるのかもしれないと、ありえないことを考える。

そう、ありえないのだ。

エンマ様が犯罪者の側につくことなど――。

絵麻は捜査資料を読み上げた。

「前島邦雄さん、四十五歳。お仕事は」

「投資家です」

なにが投資家だ。相続財産を運用しながら遊び暮らしているだけだろう――とは思っても、口にも表情にも出さない。

「ご家族は」

「いまは独りです」

「いまは、ということは、結婚していたことがあるの」

「ありません。でも交際していたことはあります」

女性に縁の薄いタイプだろうとは一見して感じたが、それを相当なコンプレックスとしても抱えているようだ。

だがもちろん、本心を悟られるような真似はしない。

「いまフリーってことは、私にもチャンスがあるのかしら」

半開きにした唇を強調するようにリップラインを指先で撫で、しなを作ってみる。

前島は『喜び』の微細表情を見せたものの、すぐにそれを押し隠すように唇を曲げた。

「お金目当てですか」

「どうしてそう思うの」

「あなたみたいなケバケバしい容姿の女性が、僕を好きになるなんてありえないからです」

ケバケバしい？

かちんときたが、微細表情に表れないよう懸命に自制した。

そういう無神経な言葉の選び方してるから、女性に相手にされないってことに気づけよ！　黒髪ノーメイクの地味子だろうと、あんたのことなんて好きにならないから！

心の叫びを封じつつ、絵麻は小首をかしげてみせた。

「なんで？　あなた、とても素敵じゃない」

「心にもないことを」

けっ、と前島が顔を歪める。

「そんなことないわ。素敵」

「騙されません」

なに一生懸命ひねくれてるの。『喜び』の微細表情がだだ漏れだっつーの。嬉しいなら素直に喜びを表現したほうが、かわいげもあるっていうのに。

「どうしてそんな悲しいことをいうの」

絵麻は立ち上がり、前島の頰を両手で挟んだ。互いの息がかかるほどに、顔と顔を近づける。

「あなたは素敵。ほかの誰がどういおうとも。少なくとも私はそう思っている」

顔を真っ赤にし、小鼻を大きく膨らませて『驚き』と『喜び』を顕《あら》わにした前島だったが、視線を逸らしてふてくされた自分を装っていた。

あー面倒くさい。こいつぜったい童貞だろ。

内心でげんなりとした絵麻だったが、前島に好感を刷り込むことには成功したはずだと気を取り直す。明らかなお世辞でも三度繰り返すことで、相手に本心として刷り込まれるのだ。加えて前島のパーソナルスペースへの侵入もはたした。いま前島は、目の前の女刑事が自分に好意を抱いているように感じている。

「ちなみにその、交際していた女性の話、よければ聞かせてくれない？」

「嘘じゃないですよ。本当に交際していたんです」

前島はなぜかむっとした様子だった。本当に面倒くさい。

「疑ってるんじゃないの。前島さんのことを、もっと深く知りたいから」

「嘘はついてません」

「わかってる。ただあなたに興味があるだけ」

あーもうやだ。

前島はなおも猜疑心《さいぎ》たっぷりな上目遣いをしていたが、絵麻が懸命に微笑を保って話を促し続けていると、おもむろに口を開いた。

「中学三年生のときでした」

嘘でしょ。

「文化祭の準備で同じ班になった女の子と、二週間ほど交際していました」

それは交際といえるのだろうか。

「どっちから告白したの」

「どちら、というわけでもなく、自然にそうなった感じです」

それ、間違いなく付き合ってない。あなたの勘違い。

それでも相手の内心に踏み込もうとするならば、けっして相手を否定してはいけない。人間というのは現金なもので、冷静で適切な助言を与えてくれる相手よりも、ひたすら自分を肯定してくれる相手を理解者として認識する。「話が合う」相手というのは往々にして、「気分よくしゃべらせてくれる」相手に過ぎない。

絵麻はひたすら本心を押し隠し、タイミングよく相槌を打ちながら前島から話を引き出し続けた。前島の身体の向きが次第に絵麻に正対し、デスクの下に隠れていた手も、次第に天板の上に出てくるようになった。表情が乏しく、否定から入る皮肉っぽい話法は相変わらずだが、『喜び』の微細表情が出現する頻度は増しているので問題ない。

絵麻が取り調べ相手と雑談をするのは、サンプリングのためだった。

鼻を触る、視線を逸らすなど、一般的に嘘をつく後ろめたさを表すと認識されている行為が、すべてなだめ行動となるわけではない。たんに鼻がかゆいから鼻をかいていたり、普段から人の目を見るのが苦手だから視線を逸らしているという可能性も、大いにあるからだ。そのためなだめ行動見極めの精度を高めるには、相手の普段からの癖を把握することが重要になる。そのための材料集めが、サンプリングというわけだ。

取り調べ開始からおよそ二十分が経過した。

いまや前島は、目の前の女刑事にすっかり心を開いている。肩の力が抜け、上体が前傾し、両手がデスクの天板上で重ねられているのが、その証明だ。ためしになにげなくデスクの下を見てみると、薄汚れたスニーカーの爪先が上を向いていた。上向く爪先は尻尾を振る犬と同じ。『喜び』を表すしぐさ。

相手の好意を獲得。サンプルもじゅうぶん。

そろそろか。

「ところで――」絵麻は手応えを噛み締めつつ、デスクに身を乗り出した。肘をつき、顔の前で両手の指同士を合わせる。『尖塔のポーズ』と呼ばれるこのしぐさが、絵麻にとって攻撃開始の合図だった。

「ここは取調室で、前島さんを取り調べるのが私の仕事ということになっているから、いちおうの手続きとして、事件のことについても聞いておきたいんだけど」

あくまで気乗りしていないふうを装った。

「いいですよ」

すっかり絵麻に心を許しているらしく、前島が即答する。

「どうもありがとう。三日前に狛江市の多摩川河川敷近くで身元不明の男性が亡くなったというニュースは？」

「もちろん知っています。私はその件で嫌疑をかけられているんですから」

前島は片頬だけを吊り上げて笑った。

「すでにうちの捜査員から聞いているだろうけど、男性は長期間、どこかに監禁されていたと思われるの。その監禁場所と見られるのが、男性が亡くなった地点から二〇〇メートルほど離れた場所にある物件——いうまでもないけれど、あなたが所有している鉄筋コンクリート造の二階建て家屋」

前島の所有する4SLDKの豪邸は、遺体の爪の間から検出されたコンクリート片と同じ配合のコンクリートで建築されていた。家宅捜索を行ったところ、4SLDKのS——サービスルームが地下室になっており、扉には南京錠のようなもので施錠されたと思しき痕跡が見つかった。さらには室内から遺体の人物のものと同一と思われる髪の毛や皮膚組織などが発見されたため、前島の任意同行に踏み切ったのだ。

「あの物件はたしかに私のものですが、私の住まいではありません。両親から相続した物件で、以前は人に貸していたこともありましたが、ここ十数年は借り手もつかず、ずっと放置していました。私自身は杉並《すぎなみ》に自宅がありますので、そちらに住んでいます」

「じゃあ空き家になっていた物件に、誰かが勝手に入り込んで使っていたってこと?」

「そうなりますね。本当に困ったものです。何年も手入れもせずに物件を放置していた私も悪いのですが、なにしろ所有する不動産の数が多いものですから」

前島は杉並区、世田谷《せたがや》区、狛江市などにいくつもの不動産を所有しているらしい。そのうち数棟のマンションを不動産会社に一括で貸し出しているため、自らは働かずとも人並み以上の生活水準が保てるのだ。

んーっ、と絵麻は唇に人差し指をあてた。

「どうしてかなあ」

「なにがですか」

「いや。どうして嘘つくかなーと思って」

前島に『驚き』の微細表情が表れる。

「嘘なんてついてません」

「それが嘘」

「な、なにを根拠に……」

絵麻は左手を自分の額にあてた。

なにをいわれているのかわからないらしく、前島が眉をひそめる。

「これ、このしぐさ」

「このしぐさよ。手を額にあてるこれ」

「それがどうしたんですか」

「あなたの癖よね、嘘をつくときの」

「はあ……」

前島はまだ絵麻が敵だと認識できていない。初頭効果。人間の印象は初対面の四分間で決定づけられる。最初の好印象を脳が覆すまでには時間がかかるのだ。

「だから、あなたの嘘がわかるんだってば。私が本気であなたを男性として意識してると思った? 自分を磨く努力はいっさいしないくせに、相手にばかり高い理想を押しつけて無条件に愛してもらおうと考えてる、ろくな社会経験すらない苦労知らずのお坊ちゃんを」

はっきりとした『驚き』、そしてしばらくして表れる『怒り』と『嫌悪』。三白眼で睨みつける前島は、ようやく絵麻も警察組織の一員だということを思い出したようだ。

「騙したのか」

「騙した？　なにいってるの。あなた、自分の立場わかってる？　そもそも最初に嘘をついたのはあなたのほうじゃない」

「だから女は嫌なんだ」

「自分が嘘をついたことを棚に上げて他人を非難するなんて、そんな性格してるから四十過ぎても童貞なんじゃないの」

「なっ……」前島の顔が火を噴きそうなほど赤く染まった。

「どど、ち、違う！」

そういいながら自分の手が額に触れているのに気づき、はっと動きを止める。

「ほらね。それがなだめ行動。わかった？」

絵麻はにやりと意地悪に笑った。

「こ、こ、これはただの癖……」

「そう。嘘をつくときの癖。本当のことを話しているときには出ない。そして、あなたの物件を誰かが勝手に使っていたのかという私の質問に、そういうことになりますと答えたときのあなたも、額に手をあてていた」

真っ赤だった前島の顔が、瞬時に白くなる。

「あなたは知っていた、誰があなたの物件を使用していたのか」

「知りません」

「いいえ。知ってる。悪いけど、もうその点を争うつもりはないの」

前島が言葉を失ったように黙り込んだ。

「監禁されていた男性は誰」

「し、知らない」

『恐怖』の微細表情は表れているが、なだめ行動はない。本当に知らないのか。

「あなた自身、男性の拉致監禁に加担していたの」

前島は小刻みにかぶりを振っている。嘘ではなさそうだ。

「どうやら監禁場所を提供していただけのようね。その相手は誰?」

「知らない……本当に知らないんだ」

なだめ行動なし。

知らない？　素性の知れない相手に自らの所有する不動産を使用させたということだろうか。

だが違った。前島の「知らない」は、直近の質問にたいする回答ではなかったようだ。

「そんなことに使われるなんて、知らなかったんだ！」

前島は自らの責任を免れようと必死の様子だった。

「それじゃ教えて。あの物件を使用していたのは、誰なのか」

絵麻は自分の髪の毛を弄びながら、冷えた眼差しで前島を貫いた。

8

絵麻と西野が鳥居のようなかたちをした門をくぐろうとしたとき、庭を掃き掃除していた男が竹箒を動かす手を止めた。慌ててこちらに駆け寄ってくる。千円カットの床屋でカットしたような短髪。薄い水色のストライプが入ったシャツにチノパンという服装の、皆勤賞の大学生といったおもむきの青年だった。

「こんにちは」青年は律儀に会釈をした後で、絵麻たちに訊ねる。

「失礼ですがあなたたちは」

「警視庁の楯岡です」

「同じく西野です」

警視庁という単語に『驚き』の微細表情を見せた青年は、しかしすぐに穏やかな笑みを取り戻していった。

「ご苦労さまです。どのようなご用件でいらっしゃいますか」

「生田《いくた》忠裕《ただひろ》さんと佐々木《ささき》昌磨《しょうま》さんは、こちらに？」

絵麻の問いかけには、拍子抜けするほどあっさりと答えが返ってきた。

「ええ。うちの会徒ですが。二人がなにか」

「いまいらっしゃいますか」

「おそらくいると思います」

「彼らと少しお話ししたいのですが」

「わかりました」

青年は戸惑いを覗かせつつもすんなりと頷き、絵麻たちの頭上の鳥居を示した。

「ここからは神につかえる者たちのための神聖な修験の場になりますので、一礼してお入りになってください。あと、申し訳ありませんがアクセサリー類はお外しになって、携帯電話等の電源は切り、こちらにお預けいただけますか」

絵麻と西野は互いの顔を見合わせた。なにかと注文が多いものの、捜査自体に非協力的というわけでもない。二人はスマートフォンの電源を切り、絵麻はピアス、西野は腕時計を外して青年に手渡した。

「ありがとうございます。お帰りの際にお返ししますので」

青年は満足げに微笑み、「ではこちらへどうぞ」と二人を先導して歩き出した。

美しく整備された庭ではほかにも数人の若者が清掃作業に携わっているらしく、いちように「こんにちは」と笑顔を向けてくる。来訪者を訝《いぶか》しんだり、警戒したりする様子は皆無だ。

ゆるやかにカーブした石畳の通路の先に、ガラス張りの小洒落た建築物が見えてきた。

絵麻たちが訪ねているのは、神護浄霊会《しんごじょうれいかい》という宗教団体の杉並支部だった。前島はこの宗教団体の信者らしい。前島によれば、神護浄霊会の信者である生田忠裕と佐々木昌磨に頼まれ、自らの所有する不動産を自由に使わせていたという。生田と佐々木は出家しており、ほかの出家信者とともに杉並にある教団施設で共同生活を送っているという話だった。

神護浄霊会では各地にある活動拠点を『教会』と呼ぶらしいが、ここ杉並支部は教会というより美術館といったおもむきだ。広いロビーにも、絵画や彫刻が数多く展示されている。ところが、一般の美術館とは明らかに違う点があった。

「この織田《おだ》玄水《げんすい》さんというのは……」

西野がブロンズ製の裸婦像の彫刻銘板を見ながら、笑いを含んだ声で質問する。展示されている作品の銘板は、すべてが織田玄水なる人物の作品だった。そしてどの作品も、一般的な美術館に展示されている芸術家のものよりも拙い。

「神護浄霊会の開祖さまです」

当たり前でしょう。

絵麻は間抜けな質問を投げかけた西野を横目で睨んだが、青年は少しも気分を害した様子がなく、貼りついたような微笑を保ったままだった。たまたま通りかかったショートカットの若い女に声をかける。

「ミチコさん。生田さんと佐々木さんはどこかな。警察の方がお話ししたいそうなんだ」

女は絵麻たちを見て『驚き』を浮かべたものの、やはりそれほど警戒する様子はない。笑顔で「こんにちは」と絵麻たちに会釈した。

「生田さんは知らないけれど、佐々木さんのほうはさっき修験場で見た。呼んでこようか」

「いや、いいよ。僕が自分で呼びに行くから。ありがとう」

青年は女が奥に引き返そうとするのを制して、絵麻たちを振り向いた。

「彼らを捜してきますので、しばらくここでお待ちいただいてもよろしいですか」

「わかりました」

青年が廊下の突き当たりを曲がって建物の奥に消え、女のほうは外に出て行った。

無人になったロビーでは、西野の声がよく反響する。

「よかったんですか。あの男が生田と佐々木を匿《かくま》ったり、逃がしたりする可能性は――」

「それはない」絵麻は即答した。

「あの男の子、後ろめたさを表すようなだめ行動やマイクロジェスチャーをいっさい見せなかった。さっきの女の子もそう」

「たしかに感じの良い人たちでしたけど、僕に本性が見破れないだけなのかと思ってました。この施設自体は異様ですけど、みんな笑顔で挨拶してくれるし、いわゆるカルト宗教の信者というイメージとはかけ離れていますね。少し拍子抜けです」

「そりゃそうよ。あんた、カルト宗教が異常者の集まりだと思ってるの。教祖と一部の幹部以外は、ごく普通の人間。世間知らずだったり、大事な人を失ってつらい境遇だったり、孤独や寂しさにつけこまれて洗脳されているだけで。むしろ『外』の人たちより純粋で真面目なのかもしれない。前島だってそうだったじゃない」

前島は街中で声をかけてきた女性信者に勧誘され、十二年ほど前に神護浄霊会に入信したという話だった。はっきりと口にすることはなかったものの、前島がその女性信者に恋愛感情を抱いていたことは明らかだった。驚くべきは、いまだにその女性信者への想いを引きずっていたことだ。

「考えてみればかわいそうな話ですよね。好きな女性には振り向いてもらえず、何百万もの献金をさせられて、所有する不動産も善意で提供したら拷問に使用され、結果的に犯罪の片棒を担がされたんですから」

西野は自身を投影し、前島の境遇に同情したようだ。腕組みしながら嘆息する。

「前島の場合はそうかもしれないけれど、カルト宗教の信者を一概にかわいそうな人たちと決めつけるのは、どうかと思う」

「どうしてですか」

「怪しげな偶像を崇拝して搾取されている、というのはあくまで外野の見方に過ぎないもの。なにが幸せかは人それぞれだし。多額の金銭を貢がされているとしても、そもそも経済的な裕福さが、すなわち幸福の基準というわけでもない。信仰を持つことで心が豊かになったり、こういう施設や集まりでたくさんの人と知り合って寂しさが紛れたりすることで幸福を感じるという人もいるだろうし。もしも信仰に出会わなければ、自ら命を絶っていたという人もいるかもしれない。洗脳だとか、騙されているとかいう見方は、あくまで宗教に無関心な第三者の意見に過ぎない。ま、私はその第三者だけど」

「でも、間違った教えを信じ込まされているんですよ」

「教えが間違っているかどうかなんて人それぞれでしょ。存在が証明できないものが間違っているというのなら、いわゆる普通の仏教やキリスト教の教えだって詐欺ということになる。それに、あえて騙されている、という見方だってできる」

「あえて、ですか」

西野は不可解そうに顔を歪めた。

「人間は信じたいものを信じる生き物だし、信じる対象への金銭や時間、労力を費やすほど、信仰心も強くなる。サンクコスト効果という言葉は、前にも説明したことがあるわよね」

「ええと。使ったお金の額が大きければ大きいほどギャンブルをやめるタイミングを見失ってしまう、みたいな心理でしたね。使ったお金を取り戻さないといけないという考えから、余計にドツボに嵌《は》まってしまう……」

「そう。そのたとえだと思いがけずドツボに嵌まってしまうパターンだけど、そういう心理状態を自ら望むことだってある」

「どうして自分から進んでドツボに嵌まる必要があるんですか」

西野は半分笑っていたが、絵麻はあくまで真顔だ。

「あんたにもわかりやすいようにたとえると、何度も足しげくお店に通って指名し続けたキャバ嬢がいるとして、彼女もあんたが行くたびに喜んでくれて、同伴やアフターをおねだりしてくる。あんた――」

西野が上の空でにやにやしているのに気づいて、絵麻は西野の耳を思い切り引っ張った。

「ちょっと。人の話聞いてるの」

「痛たたたた！　なにするんですか。聞いてますよ。聞いてるからその状況を想像して、つい嬉しくなっちゃったんじゃないですか」

　本当におめでたいやつだ。

「で、どう思うの。あんたなら」

「どうって……」

　西野が涙目になりながら自分の耳を痛そうにさする。

「そのキャバ嬢は、あんたのことをどう思っていると思うか」

「そりゃ、嫌われてはいないでしょう」

「なんでそう思うの」

「なんで？　そんなの当たり前じゃないですか。いつも同伴やアフターをねだってくるんですよね」

「でもキャバ嬢はそれが仕事じゃない。なのになんで、あんたのことを好きってことになるの」

「えっ。でも……」

　西野は答えに窮したようだ。

「心理学的にはこういう解釈もできる。これほどお金と時間を費やしたのだから、相手が自分のことを好きでいてくれないと困る。だから自分は好意を持たれているに違いない、と信じる」

この場合、多額の金銭を貢ぐ目的は、いうまでもなく相手の好意だ。貢いだにもかかわらず、相手が自分にたいしていっさい恋愛感情を抱いていないという結果では、認知的不協和が生じる。その認知的不協和を解消しようとする脳の働きが『合理化』だ。費やした金額や時間が大きければ大きいほど、脳が導き出す結論は自分に都合の良いものになる。

不本意そうに唇を歪めていた西野が、やがて手をひらひらとさせた。

「いやいやいやいや。わかってないです。失礼ですけど女性の楯岡さんには、男のロマンは理解できません。そんな簡単に説明できるようなものじゃないんです」

論理的な説明に聞く耳を持たず、感情論で拒絶するのも典型的な合理化だが、武士の情けでこれ以上追及するのはやめておこう。これまでキャバクラに注ぎ込んだのがすべて無駄金だったと気づいたら、この男は発狂するかもしれない。

「とにかく、信仰の対象に多くの金銭や時間や労力を費やすことで、信仰の対象は実在感が増す。だからあえて搾取される」

「それはなんとなくわかります」

だったらキャバクラのたとえだってわかるだろうに。

　そのとき、近づいてくる足音に気づいて絵麻は顔を上げた。青年が戻ってきたのかと思ったが、違った。地味な服装をした三十代くらいの女性と、小学校低学年ぐらいの少女の二人組。顔立ちがどことなく似ているので、おそらく親子だろう。

「こんにちは！」

　少女の快活な挨拶が飛んでくる。隣で会釈する母親らしき女も微笑を湛《たた》えていて、明らかに場違いな刑事二人の素性を訝しむ様子はない。

　母親のほうは絵麻たちとすれ違ってそのまま出て行こうとしたが、娘のほうが嬉しそうに歩み寄ってきた。しょうがないわねという感じの表情で、母親のほうも近づいてくる。

「浄《きよ》めてあげようか」

　少女はにこにこと絵麻と西野を見上げながらいった。練習してきた手品を披露したくてたまらないといった口ぶりだ。

「え。なに？」

　なにをいわれているのか理解できなかったらしく、西野が困惑した様子で絵麻を見る。

「座って」

少女は西野の手をとり、引っ張った。その方向には、壁際に革張りの椅子が設置されている。

西野は促されるままに椅子に腰を下ろした。

少女が西野に正対する。

「では、始めます」

「はい」

少女のあらたまった口調につられたように、西野が緊張した声を出した。

「目を閉じて手を合わせてください」

少女が合掌し、西野が倣《なら》う。

「開祖さまのおかげです、と三回唱えてください。せーの」

少女の勢いに押されるように、西野も唱和する。それが終わると、少女は右手を西野の額の前にかざした。西野に念を送るように、真剣な表情で自分の手の甲を見つめる。一分ほどそうした後で、西野に訊いた。

「どうですか」

「どうって?」

「身体が熱くなってきたりしませんか」

目を閉じたまま、そうかな？　という感じに眉根を寄せた西野が、やがて自信なさそうに口を開く。

「いわれてみれば、そんな気がしなくも……ないかな」

「あなたの魂が浄められているあかしです」

その後も一分ほど手かざしを続け、少女は手を下ろした。西野が目を開ける。

「浄めの儀式の前よりも、身体が少し軽くなったでしょう？」

西野は自分の肩に手をあて、首を左右にかたむけた。身体の機能をたしかめるようなしぐさだ。

「いわれてみれば」

「魂が浄められたからだよ」

少女はとても誇らしげだ。

「あなたが幸福でありますように」

深々と頭を下げ、儀式は終了らしい。すると少女のきらきらと輝く瞳が、今度は絵麻を向いた。

「おばさんも！」

「おば……」

おばさん――？

思いがけない衝撃に打ちのめされながら、手を振った。

「いい。私は」

だが少女の勢いは止まらない。

「いいから。ね。いいでしょう」

「遠慮せずにやってもらったらいいじゃないですか。身体が軽くなりますよ。おばさん」

西野がにやにやと嬉しそうな横目を向けてくる。

こいつ……。

絵麻が西野を睨んだそのとき、少女から手首をつかまれた。そのまま椅子まで誘導される。

「座って」

「いや。私は……」

絵麻の意思など関係なく、少女は一方的に儀式を進める。

「目を閉じて手を合わせてください」

「楯岡さん。目を閉じて手を合わせてください」

嬉しそうに少女の口上を真似る西野を恨めしそうに見つめたところで、儀式は止まらない。子供相手に頑強に拒絶するわけにもいかず、絵麻は指示に従った。

「開祖さまのおかげです、と三回唱えてください。せーの」

私がこんな茶番に付き合わされるなんて。

こみ上げる屈辱を堪えつつ、ひたすら嵐が過ぎ去るのを待った。

「あなたが幸福でありますように」

やっと終わった。

全身から集めたような安堵の息をつきながら目を開けると、そこにいたのは少女と母親、西野だけではなかった。先ほどの青年とともに、見知らぬ二人の男が立っている。

青年は少女に微笑みかけた。

「歌織《かおり》ちゃん。刑事さんたちの魂を浄めてあげていたのかい」

「うん」歌織ちゃんと呼ばれた少女は嬉しそうに頷き、絵麻のほうに向き直った。

「どうだった？　身体が軽くなったとか、熱くなったとか」

まったく濁りのない瞳をきらきらとさせながら訊ねられると、さすがの絵麻でもこう答えるほかない。

なってもしょうがない。

「いわれてみれば」

「よかった。魂が浄められた」

満足げに頷く少女の表情に違和感を覚え、口を開きかけたが、子供相手にむきに
なってもしょうがない。

少女が母の手を握った。

「またね」と大きく手を振りながら、玄関から出て行く。

その姿を眩しそうに見つめながら、青年がいった。

「歌織ちゃん。だいぶ元気になったな」

「体調でも崩していたんですか」

なにげなく質問した西野だったが、「脳腫瘍です」と予想以上に重い回答に「えっ……」と声を漏らしたきり絶句する。

「正確には脳幹グリオーマというものらしいです。最初にここに来たときには顔色も悪くて痩せ細っていて、見るからに痛々しい状態でした。病院で放射線治療を受けていたそうですが、たいした効果もないわりに副作用がつらかったようで、藁《わら》にもすがる気持ちでここに来たと、お母さんはおっしゃっていました」

「それが、あんなに元気に？」

西野は母子が歩き去った方角を見た。

「ええ。驚きでしょう？　どうしても歌織ちゃんを救いたいという、お母さんの熱意が天に届いたんでしょう。ここに通って浄めの儀式を繰り返すうちに、なんと腫瘍が小さくなったんです。信じられますか」

この発言をどう解釈すればいいんでしょう？　という感じに、西野の視線がこちらを向く。

絵麻は訊いた。

「いま、医療機関のほうには」

いい終える前から、青年はかぶりを振っていた。

「まさか。効きもしない放射線を浴びせて、歌織ちゃんに苦痛を与えていたんです。その上高額な治療費を支払わせて……まるで詐欺じゃないですか。神護浄霊会に出会えて本当によかったと、お母さんも歌織ちゃんも喜んでいらっしゃいます。病院なんかに行くよりこっちがいいと、ほぼ毎日教会に通ってきますよ」

本当によかれと思っている口ぶりだ。信仰への迷いは微塵《みじん》もない。議論は無駄だろう。

絵麻は紹介を促すように、青年の背後に控える二人の男に目を向けた。

「ああ。お待たせしました。生田さんと佐々木さんです」

背が高く肩幅の広いほうが生田、小柄でほっそりしているほうが佐々木らしい。二人とも三十歳前後といったところだろうか。体格も面相も異なるものの、どことなく醸し出す雰囲気が似ていて、兄弟のようだ。

「こんにちは」

生田と佐々木は、ほかの信者たちと同じように絵麻に微笑を向けた。

――が、違う。本人たちは気づいていないだろうが、二人の微笑には『恐怖』の微細表情が混じっている。警察に探られてはまずいなんらかの事情を抱えている。

絵麻と西野は警察手帳を提示し、自己紹介をした。二人を連れてきた青年が「私はこれで」と立ち去る。

「先日。狛江市の多摩川河川敷付近で、身元不明の男性が亡くなったニュースはご覧になりましたか」

「いえ。存じ上げません」

絵麻の質問にまず佐々木が口を開き、続いて生田が答えた。

「私も知りません。テレビはあまり見ないので」

西野がいう。

「亡くなった男性は前島邦雄という人物が所有する一戸建てに監禁されていたのを、逃げ出してきたようです」

前島の名に反応して、生田と佐々木が互いの顔を見合わせる。

「前島をご存じですか」

絵麻は訊くと、佐々木が頷いた。

「ええ。うちの在家の会徒さんと同姓同名です」

「ご本人です。前島はあなたがた二人に頼まれ、自らの所有する不動産を自由に使わせていたといっています。その物件に監禁されていた男性が死亡したんです」

佐々木が呆然としながらいう。

「たしかに、前島さんには修験場が足りないので場所を提供してもらえないかという相談をしていました。ですが監禁だなんて……そもそも私たちは、前島さんから鍵を預かったものの、まだあの物件にほとんど出入りしていなかったんです」

嘘だ。

視線を逸らすマイクロジェスチャーから絵麻が直感したそのとき、生田がはっとなにかを思い出したような顔をした。

「よければその亡くなった方のお顔を、確認させていただけませんか」

「かまいませんが。なにか心当たりでも」

絵麻はちらりと西野をうかがった。小さな頷きが返ってくる。

「出家したうちの会徒が、数か月前から行方不明になっていたんです。どこに行ったんだろうとみんなで話していたんですが、たまに棄教していなくなる会徒もいるものですから、警察に届けたりといったことはしませんでした。亡くなったのは彼かもしれません」

なるほど。そういうことにするつもりか。

第二章

1

取調室の扉を開いた絵麻を迎えたのは、ふてくされた表情の生田だった。パイプ椅子に浅く腰掛けて両膝に手を置き、低い位置から見上げるように取調官を睨みつける。両腕の肘が外側に開いているのは、自分の身体を少しでも大きく見せようとする本能的な威嚇行動。明らかに絵麻を敵と見なしている。最初に杉並の教団施設で会った四日前とは、正反対の態度だった。

「こんにちは。あらためて自己紹介する必要はないかもしれないけど、これからあなたの取り調べを担当する楯岡です。こっちは西野」

絵麻は背後の西野を顎でしゃくった。生田とはすでに面識があるので、西野を先に入室させるいつもの手口は使えない。今回は西野と同時に入室していた。

「よろしくね」

手を差しのべてみたが、生田は顔を横に背けて握手を拒否した。これまでの経緯を考えれば当然の反応だ。

　生田は顔を背けたままいった。

「納得いきません。私たちがなぜこのような扱いを受けるのか」

「遺体の身元が判明する手助けをしたのに、疑われるのは理不尽だってことかしら」

「私たちの情報のおかげで、警察はあの遺体がうちの会徒である桜井《さくらい》さんだと突きとめることができました。なのに――」

　肩を怒らせて対決姿勢を顕わにする生田に、絵麻は人差し指を立てた。

「だって信じられるわけないじゃない。あの家の鍵を前島から借用したのはあなたと佐々木だったけど、あなたたちはほとんど出入りしていなくて、あなたたちに無断でこっそり合鍵を作った桜井さんがあの家に入り込んでいた、なんて」

　反論しようと口を開きかける生田を無視して、絵麻は続ける。

「桜井さんは餓死したの。そして桜井さんの毛髪や皮膚組織が検出された地下室の扉は、内側から開かないように施錠されていた可能性が高い」

　生田と佐々木の証言をもとに捜査を進めたところ、遺体は桜井達俊《たつとし》なる人物のものと判明した。三十八歳。神護浄霊会の出家信者で、生田や佐々木と同じく、杉並の教団施設に住み込んで宗教活動を行っていたという。歯の治療痕から桜井の身元を断定すると同時に、捜査本部は生田と佐々木の任意同行に踏み切ったのだった。

「本当に内側から開かないのなら、屋外で亡くなるのは不自然ではないですか」

「たぶん南京錠がしっかりロックされていなかったんでしょうね。亡くなる直前には、桜井さんは衰弱してほとんど動けなくなっていたはず。まさか逃げられることはないと、犯人が油断したんでしょう。違う?」

図星のようだ。生田の瞬きが長くなる。

「とにかく」絵麻はデスクの上で両手を重ねた。

「あなたたちは警察の扱いに納得がいかないというけれど、警察としてはあなたたちの言い分に納得するわけにもいかないの。あなたと佐々木は、前島からあの家の鍵を預かっていた。前島は修行の場が足りないので提供してほしいというあなたたちの言葉を信じて自身所有の不動産を委ねており、あの家で実際になにが行われていたのかを知らない。現地にも長らく足を運んでいなかった」

「そんなの、前島さんの言い分がどこまで本当なのか――」

強い口調で遮った。「本当なの」

生田がむすっと口を歪める。

「その家の近くで亡くなった桜井さんはあなたたちと同じ宗教団体の信者で、前島所有の家の地下室からは、桜井さんの毛髪や皮膚組織が見つかっている。これであなたたちを疑わなかったら、警察は本当に無能の集まりということになる」

「違うんですか」

「意外だわ。そういう皮肉をいうユーモアセンスもあるんだ」

絵麻が微笑むと、『嫌悪』の微細表情が返ってきた。

「これだから俗世の人間は」

「そういうの、『認知の歪み』っていうの。知ってる？」

返事はないが、不審げに眉根を寄せる微細表情で知らないのだとわかる。

「認知心理学用語。現実を不正確に認識させ、ネガティブな感情を増幅させる、誇張的で非合理的な思考パターンのこと。デヴィッド・D・バーンズ博士はこれを大きく十のパターンに分類していて……って、全部を挙げると話が長くなるからいまのあなたの思考パターンを説明すると、警察はあなたたちに殺人を疑うに足る状況証拠があるから、あなたたちから事情を聞こうとしているに過ぎない。あなたの信仰は関係ないし、かりにあなたに信仰の対象がなくても、無神論者であったとしても同じ扱いをした。けれどあなたは、あたかも警察が思想や信教の弾圧をしているように受け取っている。バーンズの十の分類に当てはめると、自分の信仰が一般には理解されないに違いないという固定観念から生み出される『結論の飛躍』、身柄を拘束されたことへの怒りから来る『感情の理由づけ』、警察は思想信条信仰を弾圧するものだと決めつける『レッテル貼り』が行われている。だからたぶん、この場で私がなにをいっても素直に受け取ることはない。というか、たぶん話なんて実は半分も聞いていない。不当に弾圧しようとする警察と、かたくなに信仰を守り抜こうとするあなた、という図式は、あなたにとってすでに確固たるものになっている。すべての会話が結論ありきだから、細かい問答の内容なんて関係ない。話を聞いているようでいながら、実際には、私の発言内容を仔細に吟味することはしないし、するつもりもない」

滔々と説明する内容も、もちろん生田の心に響かないことはわかっている。

だが、これならばどうだ――。

「でも、あなたがそうやって歪んだ解釈をするのならば、私はあなたのその認知の歪みからこう解釈せざるをえない。かりにあなたが桜井さんを死に至らしめた犯人だとしても、それはあなたの意思によるものではない。あなたは神の意思を代行しただけ――つまり、殺人は教団の指示のもとに行われた」

生田の腫れぼったいまぶたが大きく見開かれ、小鼻が膨らむ。

絵麻はにやりと笑った。

「だってそうでしょう。あなた個人に責が及ぶような犯罪ならば、警察にはあなたの信仰を弾圧する理由なんて微塵もない。あなたが警察にたいして敵意むき出しなのは、あなたに自身の信仰を背負っている自覚があるからよ。つまり、教団の指示のもとに行われた、組織ぐるみの犯行だってこと」

生田は『恐怖』の微細表情を頻発させ、顔を真っ白にしながらも、顎と胸を突き出して懸命に虚勢を張った。

「勝手にしてください」

「まあ。いいわ」

遅かれ早かれ、真実は明らかになる。何時間粘れるか、せいぜい頑張ってみるがいい。

絵麻は椅子の背もたれに身を預け、軽くのびをして態勢を立て直した。

「桜井さんはいわゆる出家信者だったのよね」

「会徒です。うちの教団では信者という言葉は使いません」

どうでもいい言葉をわざわざ訂正するのは、余裕がなくなってきた証拠だ。

「あなたも出家信者として――」

あえて同じ表現を使って挑発すると、生田が不愉快げに唇を歪めた。

「杉並の施設で共同生活を送っていた。あなたたちは教会って呼んでるんだっけ」

「それがなにか」

不機嫌も顕わな棒読み口調だった。

「どういう関係だったの。親しかった？」

言葉を選ぶような沈黙を挟み、答えが返ってくる。

「もちろんです。生活をともにしながら布教や修験に励んでいたのですから、家族も同然でした」

なだめ行動はない。本気でそう思っていたということか。

「それは佐々木も同じ？」

「佐々木が桜井さんをどう思っていたかということですか」

「ええ」

「同じだと思います」

やはりなだめ行動はない。

ならばなぜ――。

「桜井さんとの間に、なにかトラブルでもあった？」

「ありません」

「家族のように関係が近いからこそ、いったん関係がこじれると修復が難しくなるってこともあるわよね」

「一般論としては、そういうこともあるかもしれませんね」

「あなたと桜井さんの間には」

「ありません」

「なにかのきっかけで桜井さんを憎んでいたとか、恨んでいたとか」

「まさか。尊敬こそすれ、恨むなんてありえません。どうして私が桜井さんを恨むんですか」

顔の前で手を振る生田に、微細表情やマイクロジェスチャーは見られない。

「ならどうして殺したの」

「殺してません」

『怒り』の微細表情。不審なだめ行動はない。後ろめたさを感じていないということだ。だが後ろめたさがないというだけで、無実だとは思えない。

「そうね。監禁し、ろくに食事を摂らせずに衰弱させた上で漆を飲ませるという行動は、一般的に考えれば殺害の意思がないとできないことだけど、あなたと佐々木には殺害の意図はなかったのかもしれない。あくまで宗教的な儀式だったんでしょう。たとえば、桜井さんに取り憑いた悪い霊を追い払うためだとか、桜井さんの汚れた魂を浄めるためだとか」

そういう動機ならば、殺意なき殺人が成立しうる。あくまでよかれと思ってやっていることだし、医学的な『死』が宗教的な『死』と同義ではないからだ。

案の定、平静を装う生田には、『驚き』の微細表情が覗いた。

「違います」と顔を横に振る直前にも、頷きのマイクロジェスチャー。間違いない。この男と佐々木が桜井を監禁し、死に至らしめた犯人だ。

いや、実行犯——というべきか。生田と佐々木に指示を与えた主犯がいる。

「誰の指示?」

「私はなにも知りません。なぜ桜井さんがあの家に入り込んでいたのかも、まったく見当がつかないんです」

生田が強い調子で潔白を訴える。

絵麻は焦らすようにゆっくりと身を乗り出し、生田に顔を近づけた。生田が怯えたように身を引く。

緊張を発する生田としばらく見つめ合った後で、吐息まじりにいった。

「それ、癖だよね」

絵麻が右耳を触ると、自分の左耳をつまんでいた生田の手が動きを止める。

「は？」

「緊張すると出ちゃうの？」

先ほどまでの生田を鏡に映したように、親指と人差し指で耳たぶを挟んでさすってみせる。

「知りません」

生田は耳たぶから離した手を、デスクの下へと隠した。

「緊張するわよね。いきなりこんな狭い部屋に連れてこられて、一対一で取り調べを受けるんだから」

「べ、別に緊張なんて――」

「それも癖なんだ」

なにを指摘されたのかわからなかったらしく、生田が顔を歪める。

絵麻は唇を内側に巻き込むしぐさをして見せた。

「これ。さっきからよくやってるわよね」

「だったらなんなんですか」

「そういえば、誰の指示かという私の質問にたいして、なにも知らないと答えたときのあなたもこれやってたなと思って。そしていま、緊張を否定しようとしたあなたも、こうやって唇を内側に巻き込んだ」

絵麻はふたたび生田のしぐさを真似て見せた。

「緊張してないというのは、明らかな嘘よね。何度も取り調べを受けたことのある凶悪犯ならともかく、普通の人間が取り調べを受けて緊張しないはずがない。ということは、唇を内側に巻き込むのは、嘘をつくときのあなたの癖なのかなと思って」

生田の息を呑む気配がする。絵麻の指摘に衝撃を受けたようだ。

だが生田は、気を取り直すように小さく笑った。

「違うと思います。ただの癖です」

「かもしれないし、そうでないかもしれない。そのことを確認するために、いくつか質問させてくれない？　すべての質問に『いいえ』で答えて」

絵麻は了解を求めるように、軽く首をかしげた。生田が肩をわずかに持ち上げるなだめ行動を抑えようとして力んだのだ。

「あなたの名前は、生田忠裕ですか」

「いいえ」

唇を内側に巻き込むしぐさが表れないよう、過剰に口もとを意識しているのがわかる。

「あなたは神護浄霊会の教えを信じていますか」

「いいえ」

「あなたは佐々木昌磨とともに、桜井達俊さんを監禁しましたか」

「いいえ」

「桜井さんに食事を与えずに衰弱させ、漆を飲ませましたか」

「いいえ」

「漆の入手元はインターネットですか」

「待ってください。漆を飲ませたかという質問には、いいえと答えましたが」

「質問には『いいえ』で答えてといったはずよ。漆はインターネットで入手したの」

生田はむっと唇を引き結んで抵抗の意思を見せたが、やがて不承ぶしょうといった感じで答えた。

「いいえ」

「それじゃ、どこかの実店舗で購入したということかしら。まさかそこらへんに生えてる植物から、直接採取してきたってことはないわよね」

「……いいえ」

「『いいえ』で答えて」

「知りません」

「どこで購入したのかしら。あなたが生活している、杉並の教団施設の近所？」

「もうやめてください！　私はなにも知らないといっているじゃないですか！」

声を荒らげる生田に、絵麻は冷ややかな視線を向けた。

「『いいえ』で答えて」

「いやです！　くだらない遊びにこれ以上付き合うつもりはありません！」

「いまあなたはこう思っている。唇を内側に巻き込むしぐさが出ないように気をつけていたのに、どうしてこの女に嘘を見破られるんだ……って」

「違います。そんなことは思ってません」

「強がっちゃって」

「強がってない」

「嘘。だって右の上腕が盛り上がってる」

「はあっ？」

生田は苛立たしげに自分の右肩のあたりを見た。

「唇を内側に巻き込むのは、ただの癖ね。でも私に指摘されたことによって、あなたは質問に答える際、そこばかりに意識を向けるようになった。おかげでほかの部位については、注意がおろそかになる。実際に私が注目してたのはあなたの右腕。デスクの下でこうやって左手首をつかんでいるんでしょう」

絵麻は正面に真っ直ぐのばした左手の手首を、右手でつかむ。

「嘘をつくときには左手首を握る右手に力がこもるから、右の上腕がこうやってぴくっと盛り上がる」

生田は『怒り』を湛えた表情で絵麻を睨みつけていた。

絵麻も視線を鋭くし、声を落とす。

「もうわかったかしら。私に嘘は通用しない。素直にぜんぶ吐き出しちゃいなさい」

鋭い眼差しで絵麻を見つめていた生田が、低い声で告げた。

「間違いなく地獄に落ちるぞ。無間《むげん》地獄で永遠に苦しむことになる」

「笑っちゃうわね。人を殺した人間にそんなことをいわれるなんて」

「殺してない」

そういう生田には、やはりなだめ行動が見られない。自分の行動が間違っているとは、つゆほども思っていないのだろう。

「殺したつもりはない。むしろ桜井さんのためを思ってやったことだ……って?」

返事はないが、なだめ行動もない。やはり信念に基づく殺人だったようだ。

「あなたたちがどういうつもりだったのかは関係ない。問題は、あなたたちのとった行動が、一人の尊い生命を奪ったという結果」

「そんなことはしていない」

途中で左手首を握りしめようとしていたことに気づいて止めようとしたらしく、生田の肩が小さく揺れる。

「嘘つきは罪にはならないの? それともあなたの宗教では、嘘をついて人を騙すことが許されているわけ?」

生田は答えない。目の前の女刑事に殴りかかりたいという衝動を、懸命に堪えているかのような表情だ。

「勘違いしないほうがいいわよ。他人が地獄に落ちるかどうかを決める権利なんて、あなたにはない。決めるのは私。あなたの生殺与奪を握っているのは、私なの」

絵麻は唇の片端を吊り上げ、余裕の笑みを浮かべた。

2

扉が開き、会話が中断する。

入室してきたのは綿貫だった。捜査本部からの入電があり、廊下に出ていたのだ。

「大丈夫ですか」

筒井の対面に座る頭の禿げ上がった中年の男が、心配そうに綿貫を見上げる。太《た》川《がわ》というこの男は自らを『牧師』と称した。そのわりにはトレーナーにジーンズというラフな服装をしているが、ともあれここ杉並の教団施設では最高責任者ということで間違いないらしい。

筒井たちがいるのは、杉並にある神護浄霊会の教団施設の一室だった。死亡した桜井達俊、それに生田と佐々木について話を聞くために訪れたのだ。

「大丈夫です。失礼しました」

綿貫が事情聴取の途中で中座したことを詫び、隣のパイプ椅子に腰を下ろす。

「すみません。続きをお願いします」

筒井が促すと、太川は記憶を辿るような顔をした。

「どこまで話しましたっけ」

「生田と佐々木はこの教会でもとくに熱心な会徒だったと」

「ああ。そうでした。彼らは修験にたいしても、布教にたいしても非常に熱心でした。少しでも魂に磨きをかけようと日々努力しており、およそ私利私欲とは無縁の生活を送っていました」

「魂に磨きをかけるというのは、具体的にどのようなことを行うのですか」

「大きく分けて二通りの方法があります。一つは地道に浄めの儀式を重ね、たくさんの魂を導くこと」

「それは先ほどあちらで行われていた……」

綿貫がちらりと扉のほうを見る。

この部屋に通される際に、体育館のような広い空間を通過した。太川は『修験場』と説明していたが、そこでは信者たちが二人一組になり、互いの額に手をかざし合っていた。筒井が抱いていた新興宗教のイメージ通りの光景だった。

「そうです。修験場で会徒たちが行っていたのは、浄めの儀式の訓練です。ああやって自分たちで施し合って訓練を重ねた後で、外に出てより穢れた魂を浄めるのです」

「外で、これをやるんですか」

筒井は「これ」のところで手かざしの動きをした。たまに街角で見かけるあれか。

「ええ。本当は教会まで足を運んでもらったほうがより強い効果をえられるのですが、神の御心を目の当たりにしたことがない方には抵抗が大きいようですので……とにかくそうやって迫害に抗《あらが》いながら多くの魂を導くことで、徳を積むことができます」

「わかりました。それでは魂を磨く、もう一つの方法とはなんですか」

「献金です」

太川は涼しい顔で答えた。

「献金……？」

突如として飛び出した生々しい単語に、筒井は綿貫と互いの顔を見合わせる。

「ええ。たくさんのお金を納めることで、魂が浄められます」

「それはまた、なんというか……」

反応に困る。

だが太川に悪びれた様子はまったくない。

「強欲は罪です。お金なんて、食べていくのに最低限あればいいのです。お金は自らの欲望のためでなく、世のため人のために使うべきだとは思いませんか」

「理想は、そうかもしれませんが」

綺麗事に過ぎない。だが思ったことを口に出すわけにもいかず、筒井は困惑しながら曖昧に相槌を打った。

「神護浄霊会では、光の道献金というものがあります。献金することで、神への忠誠と私利私欲のなさを証明するのです。生田さんと佐々木さんは布教にも熱心だったし、光の道献金についても、すでに何十口も行っていました。魂のステージでいえば相当な段階に達していたのです。それだけに、桜井さんにたいしてそんな酷いことをしていたなど、とても信じられません」

太川が沈痛そうな表情でかぶりを振る。

「何十口とおっしゃいましたけど、一口いくらと決まっているんですか」

綿貫が小さく手を上げて質問すると、こともなげな回答があった。

「百万円です」

「ひゃ……」

言葉にならないという感じに、綿貫が口をぱくぱくとさせる。百万円を何十口ということは、数千万円を教団に寄付している計算になる。

　太川は涼しい顔で話を戻す。

「誤解なさらないでいただきたいのは、私は警察を疑っているわけでもないし、まして捜査を妨害するつもりもないということです。彼らがやったという証拠があるのなら犯行は事実なのでしょうし、許されることではありません。こちらとしても捜査に全面的にご協力するつもりです。ただ私個人の感情としてはとても信じられないし、まだ気持ちの整理がつかないでいます。しかも、桜井さんに漆を飲ませて即身仏にしようとしていたのでしょう?」

「本人たちは認めていませんが」

　いいながら筒井は鼻に皺を寄せた。遺体の胃から検出された漆については伏せておくという方針だったはずなのに、どこからか情報が漏れたらしい。テレビのワイドショーがスキャンダラスに報じている。

「どうしてそんなことを……桜井さん、つらかったろうに」

　眉間に皺を寄せて唇を引き結ぶような太川の表情は、涙を堪えているのだろう。楯岡の真似をするわけではないが、とても演技でできる表情には見えない。

　太川をはじめとする何人かの信者に話を聞いたところ、生田たちが桜井に行った仕打ちが宗教儀式などではないという意見は一致していた。神護浄霊会が奨励しているのはいわゆる手かざしや座禅を組んでの瞑想などで、生命に危険が及ぶような修行はいっさい行っていないのだという。とても嘘をいっているようには思えなかったし、実際に教団ぐるみで即身仏などの危険な修行を行っていたという証拠は発見できていない。

だとすれば、生田と佐々木の行動はあくまで個人的な動機に基づくものだったのだろうか。捜査本部内でもそのような意見が出始めているし、現段階で出揃った証拠や証言などを総合すれば、そのような見方もできなくはないと、筒井も思う。

だが本当にそうだろうかと疑う自分が残っているのも、また事実だった。なにかが引っかかる。

「桜井さんは、どういう方だったんですか」

「生田さんや佐々木さんと同じです。非常に熱心な会徒さんでした」

「生田や佐々木とトラブルは」

「ありません」即答だった。

「まったく、ですか」

「申し上げましたように、彼らは非常に熱心な会徒さんたちでした。誰かを憎んだり、トラブルを起こすなど考えられません」

「お互いの信心深さゆえに、宗教観が衝突するようなことも考えられないのでしょうか」

話の途中から、太川はかぶりを振っていた。

「そもそも生田さんや佐々木さんと桜井さんでは、魂のステージが違いますから」

「魂のステージ？」

筒井と綿貫の声が重なった。

「ええ。生田さんや佐々木さんが成人してから入会された会徒さんであるのにたいし、桜井さんは子供のころから教会に出入りして、浄めの儀式の訓練を行っていました。お母さまが会徒さんだったんです」

桜井はいわゆる二世信者だったということらしい。

「ですから生田さんや佐々木さんがいくら熱心に修験に励もうと、桜井さんの魂のステージには遠く及ばないんです。幼いころからの蓄積がありますから。なので、衝突しようがありません」

「だけどその、魂のステージ？　が違うからこそ、桜井さんがほかの会徒さんから妬《ねた》まれたりというような可能性も、あったのではありませんか」

綿貫の質問も、太川にとっては現実味の薄い指摘らしい。

「嫉妬などありえません。そのような穢れた感情を捨て去るために、日々修験に励んでいるのです」

「でも嫉妬しない人間なんかいませ――」

むきになる綿貫を制し、筒井はいった。

「親子二代で信仰なさっている方というのは、けっこういらっしゃるんですか」

「はい。開祖さまが神奈川県相模原《さがみはら》市で神護浄霊会の母体となる団体を設立なさってから、もう四十年以上が経過していますので。正確な数までは把握していませんが、杉並教会に出入りする会徒のうちでも十二、三人はそうだと思います」

教団の歴史を誇るかのような口調だった。

「では、桜井さんのみが取り立てて特別扱いされていたわけでもなかった？」

「もちろんです」

「しかし親の代から信仰している方は、あなたのいい方を借りれば魂のステージが高いわけですよね。そういう人たちと、一般の方たちの間に溝はなかったのでしょうか。溝、とまではいわなくとも、派閥のような対立軸があったとか」

「個人的に親しいとか親しくないといった関係性はもちろんあったと思いますが、

派閥も対立もありませんでした。私たちは魂のステージを競い合っているのではありません。魂のステージは相対評価ではなく、神による絶対評価なのです」

到底納得できない説明だが、太川は心からそう信じていることだけは間違いなさそうだ。これ以上話を聞いても無駄だろう。

「なるほど。よくわかりました。ご協力ありがとうございました」

筒井は綿貫を促し、膝に手を置いてゆっくりと立ち上がる。

ふいに太川がいった。

「もしかして膝がお悪いのですか」

「ええ。学生時代にラグビーでやってしまいまして……若いころはなんともなかったのに、最近になって痛むように――」

筒井がいい終わらないうちに言葉をかぶせられた。

「魂が穢れているようですね。浄めて差し上げましょうか。このままでは地獄に落ちるかもしれません。転生もままなりませんよ」

ラグビーが原因の古傷だといっただろうが。

カチンと来たが、太川の心配そうな表情を見る限り、皮肉でも当てこすりでもないようだ。筒井は言葉を呑み込んだ。

「せっかくの申し出をどうして断っちゃったんですか。僕が浄めてあげましょうか」

おざなりなお辞儀をして鳥居のような門をくぐるや、綿貫が右手をのばしてきた。

「ぜんぜん笑えねえぞ」

筒井は綿貫の手を叩き落とす。

「痛っ」

「痛むのか。魂が穢れてるのかもしれんな。このままだとおまえの来世は虫だ」

「虫に生まれ変わったら、なにも考えなくていいからそれはそれで気楽かもしれませんね」

「ほおっ。まるでいまは考えてるみたいな口ぶりじゃないか」

「それなりに考えてますよ」

綿貫は笑いながら、先ほどまでいた教団施設を振り返った。

「あの牧師とやら、どこまで本当のことを話してるんですかね」

「怪しいと思うか」

筒井は無精ひげの顎をかいた。

「協力的すぎます。牧師だけじゃない。あそこにいた信者、誰に話を聞こうとしてもみんないやな顔一つしませんでした」

警察の介入を宗教弾圧と受け取り、誰もが口を閉ざす。そんな反応を覚悟していた筒井たちにとって、協力的な信者たちの態度に肩すかしを食らった気分だった。

それでも、筒井の見解は綿貫とは違う。

「正直、おれも気味の悪さは感じた。だが嘘をついているとは思わなかった。捜査に協力的なのは、生田や佐々木が逮捕されても、それが自分たちへの弾圧につながるとは考えていないからだろう。連中にしてみれば信者同士のトラブルではあっても、原因は教義じゃない。だから信仰の弾圧にはつながらないと考えるし、捜査にも協力するんだ」

「じゃあ、連中は嘘ついてないってことですか」

「おれはそう感じた」

ふうん、と微妙な反応。

「なんだおまえ、おれが間違ってるとでもいいたげだな」

「そ、そ、そそそんなことありません、よ」

とても言葉通りに受け取れないような狼狽ぶりだ。

「いいさ。連中が嘘をついてるかどうか、一人ひとりエンマ様に尋問してもらえばいい。そうすれば信じるんだろう」

あっちへ行け、という感じに手を払うと、綿貫が弱り果てたような声を出した。

「拗ねないでくださいよ」

「拗ねてねえ」

「おれは断然筒井派ですから。地獄の果てまでお供する覚悟です」

「どうだかな。このところずいぶん楯岡のやつに傾倒しているようだが」

「先輩だから適当に調子を合わせているだけです。おれが目指す刑事像はいま目の前にいる男です。筒井道大《みちひろ》です」

「馬鹿野郎。調子の良いことばっかいいやがって」

だがまんざらでもない。筒井は鼻の下を人差し指で擦った。

筒井は得意げにいう。

「おまえも刑事なら、あの空気でわからないもんかね」

「空気……ですか」

「ああ。人間が数多く集まることで自然と醸成されるその場の雰囲気っていうか。たとえば、高級住宅街と下町の商店街では明らかに街の印象が違うような。あるいは、警察や消防の人間が集まっていれば、制服姿でなくてもなんとなくそれとわかるみたいな」

「なんとなくわかります。官憲の臭いというのはたしかにありますね。同じ肩書きや属性の人間が集合することで醸し出される、独特の雰囲気」

「そうだ。それは、いくら本人たちが否定したところで、偽ろうとしたところでわかるやつにはわかっちまうもんなんだ。とくにおれらみたいな、人を頭から疑ってかかるような商売の人間には」

だから一人や二人相手だったら騙されてしまうかもしれないが、もっと多くが集まったときの独特の空気は偽れない。楯岡じゃなくても、連中が嘘をついていないことはわかる。

そういいたかったのだが、綿貫にはピンとこなかったらしく、「そうですか」と気のない反応だった。

筒井はため息とともに言葉を吐き出した。

「まあいい。さっきの電話はなんだったんだ」

「電話？」

「本部からだったんだろう」

「ああ」ようやく思い出したらしい。

「いまエンマ様が生田を取り調べているんですが、連中が被害者に飲ませた漆の入手元が、ある程度絞り込めてきたそうです」

「本当か」

「ええ。手の空いている捜査員はそっちの聞き込みにまわってほしいという連絡だったんですが、どうしますか」

先ほどの教団施設での感触では、このまま加害者被害者の閉鎖的な人間関係を辿っても進展は望み薄だろう。漆なんて普通に生活していればそうそう使用するものではないから、入手元を特定できれば、生田と佐々木が被害者に間接的な暴行を加えていたという状況証拠になりえる。

「やるに決まってる。で、どのあたりなんだ」

「都内らしいです」

「なんだそりゃ！」

思わず怒鳴ってしまい、綿貫がびくっと身を震わせた。

「勘弁してくださいよ。唾が……」

唾が顔にかかったらしい。綿貫がジャケットの袖で顔を拭う。

筒井は無視していった。

「おまえさっき、ある程度絞り込めたっていったよな」

「絞り込んだのはおれじゃなくて、エンマ様ですけどね」

「なのに都内ってなんだ。ぜんぜん絞り込めてないじゃないか」

東京以外の関東近県でないという意味では、絞り込めたのかもしれないが。

「なんでも生田の強力な信仰心が邪魔になって、取り調べが難航しているそうです。時間をかければ入手元の店の名前とか、所在地とかの詳細な情報を引き出せますが、現時点でのおおざっぱな情報をもとに捜査し、こちらで特定した結果を突きつけるほうが、自白への近道になるんだとか」

「エンマ様が聞いてあきれるな」筒井は鼻で笑った。

「塗料を販売している都内の店をしらみ潰しにあたれってか。もちろん必要とあればやるが、けっこう時間がかかるぞ。そのほうが近道だなんて、楯岡にしては悠長なことをいってやがるな」

それにしても少し寂しいのはなぜだろう。あれほど失脚を心から望んでいた相手なのに。

ところが、筒井が思っているのとは少し状況が異なるようだ。綿貫がいう。

「いや。違うんです。場所は絞り込みが難しいんですが、ほかの部分でかなり絞り込めたんだと」

「は？」なにをいってるんだ。

「七十歳くらいの女性が一人で店番をしている店だそうです」

発言の意味が理解できずに、筒井は眉根を寄せる。

「本来の店主は男性なんですが、体調を崩して入院したために妻が店番をつとめているそうです。話好きな女性で、夫婦の間に子供は二人。二人とも独立して家庭を持っています。上が娘で下は息子。娘は留学先で出会ったアメリカ人と結婚して海外暮らし、長男は都庁勤務の公務員だそうです。店舗の所在地についてはガードが固かったので、店主のプロフィールについての情報を引き出したとか」

筒井は唖然としながら話を聞いていた。たしかにそれだけの情報があれば、店舗の特定は可能だ。ある程度どころか、かなり絞り込めたといっていいだろう。

場所の特定ができずに泣きついてきたのかと思っていたが。

エンマ様はそうでなくちゃな――。

綿貫が続ける。

「生田は任同かけた段階でエンマ様とは面識もあり、エンマ様にたいして敵意をむき出しにしていたから、いつもみたいにサンプリングの時間も取れなかったそうなんです。そうなるとなだめ行動見極めの精度も低くなり、普段やってるような、住宅地図を指差しながらここから右なのか左なのかみたいなかたちの尋問が難しくなるんだとか。たしかにそのやり方だと、住宅地図と相手の両方を観察しないといけませんからね。だから店主が男か女かとか、年齢がいくつぐらいかとか、そういう単純な質問を繰り返して店主のプロフィールを導き出すほうが早い――」

筒井ははっと我に返り、怒鳴った。

「うるっせえんだよ！　なにがなだめ行動だ！　なにがサンプリングだ！　そんな怪しげなもん当てにしてんじゃやねえ！」

「す、すみません！　しゃべりすぎました。笑ってるから嬉しいのかと思って、つい……」

綿貫はいまにも泣き出しそうな顔だ。

「誰が！　誰が笑ってんだ！」

「筒井さんが」

そういわれて一瞬怯《ひる》んだものの、懸命に怒りの表情を繕《つくろ》う。

「笑ってねえ！」

「笑ってましたよ」

「笑ってねえ！」

「でも……」

「うるせえ！　笑ってねえものは笑ってねえ！」

筒井は両手で頬をぴしゃりと叩いて表情を引き締め、大股で歩き出した。

3

取調室に戻ってきた西野が、絵麻に大きく頷く。

絵麻も軽い頷きで応じ、正面に向き直った。

「これからうちの捜査員が総出で聞き込みにかかる。漆の入手元を特定するのは時間の問題よ。あれだけの情報があれば、店舗の特定までにかかるのは、そうね……長くてもせいぜい二、三時間といったところかしら。運良く当たりを引けば、もっと早くなる」

腕時計の文字盤を見ながら告げると、目を閉じた生田の眉と頬がぴくりと動き、『恐怖』の微細表情が覗いた。

生田はいま、パイプ椅子の上で座禅を組んで瞑想している。

危機に瀕した動物の行動は、本来ならばフリーズ——硬直、フライト——逃走、ファイト——戦闘という三つのFだが、生田の場合は三つ目のFを通り過ぎたところにフェイス——信仰というもう一つのFがあったらしい。会話の途中で絵麻にしぐさから嘘を見抜かれているのに気づいたらしく、おもむろにパイプ椅子の上で座禅を組み、呼吸を整え始めたのだった。

とはいえ、いくら外界からの情報を遮断しようとしたところで、絵麻の声がまったく聞こえなくなるわけではない。根気強く質問を浴びせかけるうちに少しずつ微細表情が明らかになり、漆の入手元である塗料店についての情報を引き出すことができた。

「まだ黙ってるつもりなの。変な意地張らずに、いい加減観念して全部しゃべっちゃえばいいのに。もうわかったでしょう。嘘ついたって、黙秘を貫こうとしたって私には通用しない」

おうい、と生田の顔の前で手を振ってみる。かすかに眉根を寄せる『嫌悪』の微細表情が出ただけで、言葉はない。

「あなたがしゃべらなくたって、どうせ佐々木のほうが自白すると思うけど」

するとと生田が久しぶりにまぶたを開いた。

「そんなことはない！」

背後でノートパソコンに向かう西野が、驚いて飛び上がるほどの怒声だった。

かっと見開かれた生田の白目は充血し、唇は小刻みに震えている。

なにげなく発した一言だったが、どうやら「当たり」を引いたらしい。

「やっと声が聞けた」

絵麻はけだるそうに頰杖をつきながら微笑んだ。口を開かせてしまえばこちらのものだ。生田自身は軽く考えているかもしれないが、一度開いた口はそう簡単につぐめない。

「佐々木は私よりよほど熱意をもって修験に励んでいます」

「自分のことを悪くいうのはかまわないけど、佐々木を貶《おとし》めるな……って？　お友達をかばいだてするのはかまわないけど、でもさ――」

絵麻は顔の前で手を重ねた。

「佐々木が裏切らないって主張。実はあなた自身の自白とも解釈できるんだけどね」

はっきりとした『驚き』。生田は急いで表情を消し去ろうとする。

「そういう意味でいったのではありません」

「じゃあどういう意味でいったの。教えて」

「それは……」

とっさに言い訳が思いつかないらしい。絵麻は混乱する生田の顔に表れるさまざまな微細表情を子細に観察した。

「それは、別に後ろめたいことがあるというわけではなく、かりにそういう事実があったとしても、私よりも先に佐々木が根負けするなどありえないという意味です」

黙秘していればいいものを。やはり一度開いてしまった口を閉じるのは難しいらしい。

絵麻は意地悪そうに笑った。

「ちょっと苦しくなってきたわね」

「そんなことはありません。信頼する友人の尊厳が傷つけられようとしているのが、我慢ならなかっただけです」

「ふうん」とあからさまに信じていなさそうな声を出し、白けた眼差しを向ける。

生田は自らの正しさを主張するかのように、胸を張り、顎を突き出した。だが顔面は白く、小鼻が膨らみ、唇の片端が小刻みに痙攣している。苦し紛れの虚勢だ。

「まあ、いいわ。あなたの熱い友情に免じてこれ以上は追及しないでいてあげる。時間はたっぷりあるしね」

安堵したらしい。かすかに開いた唇の隙間から薄く息が吐き出された。

だがもちろん、ここで攻撃の手を緩めるわけではない。

「それにしても、ずいぶんと佐々木のことを信頼しているみたいね」

「そりゃ……私の出家を後押ししてくれた人ですから」

「へえっ。そうなんだ」

棒読み口調で相槌を打つ。

生田と佐々木の二人のうち、絵麻が生田を取り調べることにしたのは、二人の関係性を見抜いたからだった。

二人でいるときにはいつも佐々木のほうが話をリードしていたし、生田が発言する際にも、ちらちらと佐々木に確認するような視線の動きがあった。生田は佐々木のほうに身体ごと正対していることが多かったが、佐々木はそうでもなかった。パーソナルスペースも佐々木のほうが広いらしく、二人並んで立つときにさりげなく生田から一歩離れるような動きもあった。これらの情報からわかるのは、二人には明確な上下関係があるということだ。おそらくは佐々木が自らの意思で主体的に信仰しているのにたいし、生田は佐々木に引きずられている部分がある。佐々木より も信仰心が弱いのだ。佐々木が出家を後押ししてくれたという発言で、絵麻は確信した。佐々木の後押しがなければ、生田は出家まではしなかっただろう。他人の影響を受けやすい従属的な性格も、揺さぶりをかけるのに好都合になる。

「佐々木とは長いの」

一瞬、躊躇するような沈黙があったものの、事件には無関係な話題と判断したらしい。生田の舌がなめらかになる。

「私が大学二年のときに出会ったので、そうですね、長いです」

「あなた、年は――」絵麻は手もとの捜査資料に視線を落とした。

「二十九歳か。大学二年のときからってことは、もう十年近い付き合いになるのか。たしかに長い。佐々木から勧誘されて神護浄霊会に入信したってこと？」

「いえ、違います。私が初めて教会を訪れたのは、大学の同級生に誘われたからです。当時私は酷いアトピーに悩まされていて、さまざまな治療を試していました。そんな状況を知った友人が、私を誘ってくれたのです」

「アトピーは子供のころから？」

「はい。寝るときに手足をかきむしってしまい、毎朝起きたら布団が血で汚れているような状態でした。赤黒い顔をクラスメイトからからかわれるし、私にとって大きなコンプレックスでした。それが教会に通い出したころから、劇的に改善してきたんです。いまではほら、このあたりが少しかさついている程度で、一見してアトピーだとはわからないでしょう」

生田はシャツの袖をまくり上げ、肘の裏側を見せてきた。少しかさついたようになっている。

「アトピーの症状がよくなったから、入信したの」

「実際には、それよりも前に入会していました。しばらく修験に励んでみてアトピーの症状が改善しなかったら、そのときに辞めればいいじゃないかと説得されましたので」

「つまり入会の時点では、教義に懐疑的だった」

「当然でしょう。むしろ最初から信じる人なんていているんですか」

笑いを含んだ口調だった。

「新興宗教と呼ばれる団体は、すべてインチキで、すべて詐欺だと思っていました。本物があるなんて、考えたこともありませんでした」

「神護浄霊会も、怪しい団体だと？」

「ええ。大学の同級生から誘われたときにも、そもそも彼が信仰を持っていることすら知らなかったので、どうやったら彼を辞めさせせられるのかを考えたほどです。

最初に教会を訪れたときだって、教義の矛盾を指摘して論破してやろうと意気込んでいました」

話し合いを望んだところで、まともな議論など期待できない。相手のテリトリーに足を踏み入れた時点で負けだ。

「そこまで考えていたのに、入信することになったの」

「試してみたらどうだいと、提案されたので」

「試す?」

「はい。浄めの儀式を続けることで私のアトピー性皮膚炎の症状が緩和されるかどうか、しばらく様子を見てみたらどうか、という提案でした。浄めの儀式を続けても変化がなかったら、そのときは辞めてもかまわない、という話です。なるほどと思いました。長年悩まされた病気がよくなるのなら、この宗教は本物です。私は自分の身体を検体にして、この宗教が本物かどうかを実験したんです。結果は、いうまでもありません」

ようするに頑強な説得を拒みきれず、押し切られるかたちで入信したということだろう。教義に懐疑的な自分の立場とは裏腹に入信してしまったという認知的不協和を解消するための『合理化』だ。かりにアトピーの症状が改善しなかったとしても、簡単に脱会できたとは思えない。信心が足りないとか、もうすぐ結果が出そうなのにここで辞めるのはもったいないなどという理屈で説得されただろう。

「ちなみにあなたを誘った大学の同級生はいま、どうしてるの」

「さあ、わかりません」

「教会には？」

生田は苦々しげにかぶりを振った。

「彼は辞めました。彼自身に信仰を捨てるつもりはなかったようですが、田舎の両親が強引に彼を連れ帰ったんです。いまはどこでなにをしているのかもわかりません。もっとも、知りたくもありませんが」

「どうしてそんなに怒っているの。彼自身は去ってしまったけれど、あなたを誘ってくれた、いわば恩人じゃないの」

吐き捨てるような口調とともに激しい『怒り』の微細表情。

「怒ってなどいません」

「怒ってるわ。表に出ないようにつとめているだけ」

絵麻の指摘にむっと唇を引き結んだ生田だったが、やがて観念したように頷いた。

「そうですね。私もまだまだ修験が足りないようです。怒っているかもしれません」

「どうして。あなたを人身御供《ひとみごくう》のようにして、自由を手に入れたから?」

「まさか。私が出家したことを後悔しているとでも?」

「違うの」

「違います。後悔なんてありえません」

なだめ行動もマイクロジェスチャーもない。

「ならなんで」

「友人だろうと誰だろうと、人の道を外れた相手に腹を立てるのは、当然ではありませんか」

「人の道を外れるって、具体的には?」

「信仰を捨てたことです」

「信仰を捨てると、人の道を外れることになるの」

「そうです。最初から信仰を持たない人間よりも、一度信仰を持った上でそれを捨てる人間のほうが罪深い。正しいことがなにかわかった上で、悪事を働いているのですから。魂のステージは最低です」

「それまでに修行や布教を頑張っていても?」

「関係ありません。地獄に落ちます」

「地獄に落ちるって、私とおんなじだ」

自分を指差した絵麻に、気まずそうな苦笑いが返ってくる。

「もしかして、亡くなった桜井さんも神護浄霊会を辞めようとしていた？」

だから監禁されたのだろうか。棄教がそれほど罪深いとされるのなら、殺してでも止めようとしたとしてもおかしくない。

だが「いいえ」とかぶりを振る生田に不審なしぐさはない。違ったか。

「あなたたちは、死んだ後で地獄に落ちないために修行に励んでいるの」

「地獄に落ちるのはいやですが、それが主たる目的ではありません。魂のステージを高めるためです」

「魂のステージを高めると、なにかいいことがあるの」

「そういう打算で修験に励むわけではありません。ただ魂の穢れを祓いたい、魂を研ぎ澄ませたい、その一心です。私利私欲はありません」

絵麻は顎に人差し指をあて、首をかしげた。

「それっておかしくない？　あなたが入信したそもそものきっかけは、アトピーを治したかったからなんでしょう？　それは私利私欲とまではいわないけど、自分の望みを叶えるための動機といえるんじゃない」

生田の眉間に、一瞬だけ皺が寄った。

「きっかけはそうでしたが、いまは違います」

絵麻はふうん、と生返事をして、椅子の背もたれに身を預ける。

「さっき、佐々木が出家の後押しをしてくれたっていってたけど、佐々木のほうが信仰歴は長いってこと？」

「教会に通い始めた時期はあまり変わらないのですが、彼のほうが一年ほど早く出家しました。教会での生活の様子などをいろいろ聞かせてくれて、私も出家したいと思うようになりました」

「あなたたちはあの教会に住み込んで、どういう生活を送っているの」

「一日のサイクルということですか」

「ええ」

「アルバイトの時間が異なるので皆さんが同じというわけではないのですが」

「あなたの、でいい。あなたの平均的な一日を教えて」

手の平を向けて話を促すと、「そうですね……」と生田が虚空を見上げて記憶を辿る顔になった。

「朝は毎日五時に起きます。一時間半ほどかけて寝室や修験場、礼拝堂などの清掃を済ませ、修験場で早朝の瞑想と浄めの儀式を行います。それから食事をして、身支度を調え、教会を出てアルバイトに向かいます」

「アルバイトはなにを」

「電気工事です。日によって現場が違うので、教会を出る時間はまちまちです。早いときには昼過ぎ、遅くても夕方五時には仕事が終わるので、次のアルバイトまで街に出て布教をします」

「次のアルバイト？　かけもちしてるの」

「はい。居酒屋のホールスタッフを」

「二つも仕事をしていたら大変じゃない」

「夜のアルバイトは週に三、四日程度ですし、たいしたことはありません」

「居酒屋だから帰りは遅くなるわよね」

「お客さんが少ないときには早めに上がることもありますが、だいたい帰りは終電ぐらいになります。教会に戻ったら一時間ほど瞑想と浄めの儀式を――」

「夜もやるの」思わず遮ってしまった。

「はい」生田は平然としたものだ。なにをそんなに驚いているのかという顔をしている。

「五時起きなのに、ほとんど眠れないじゃない」

「三時間ぐらいは眠れますから。慣れれば平気です」

「信者はみんなそういう生活を送っているの」

「出家した会徒さんたちはだいたい似たような感じです。さっきも申し上げたように、アルバイトの時間が異なるのでまったく同じではありませんが」

「友達と遊んだりとか、ぜんぜんしないのね」

「そういうことがしたいのなら、出家などしません。いまの私は神に仕える身です」

「でもあなたまだ若いじゃない。みんなでわいわい飲みたいとか、女の子とデートしたいとか、そういう願望はいっさいないの」

「みんなでわいわいはありますよ。在家の会徒さんたちも含めた青年部で、毎年キャンプをするんです。アルコールは飲みませんが、わいわい楽しく飲み食いします」

「じゃあそこでちょっとしたアバンチュールもあったりするのかしら」

　ようやく若者らしい一面を垣間見ることができそうだ。だが生田はそっけなくかぶりを振った。

「そういう関係になる男女もいないことはありませんが、私はそういうのは……」

「どうして。かわいい女の子がいないの？　意外と理想が高かったりとか？」

「そういうわけではありません。そういった俗世の誘惑に負けるようなら、出家した意味がなくなると考えています。私は悟りに近づくために出家したのであって、恋人捜しのために出家したのではありません」

「建前はそうかもしれないけど、少しぐらい――」

強い口調で遮られた。

「建前ではありません。本音です。色欲は重い罪です」

不審なしぐさはない。嘘ではない。

本当に私利私欲を捨て去った？

そんなことが可能なのか？

「素朴な疑問なんだけど、あなたにとっての生きがいって、なんなの」

なんの打算もない、心からの疑問だった。

「神に近づき、悟りに近づくことです」

「それだけ？」

「はい」なだめ行動なし。

「本当に？」

「ただ修験に励み、布教に勤しむ。それが私にとっての生きがいです。それ以上の喜びはありません」

　先ほどまでよりわずかに瞬きの回数が増えた気がする。

　一〇〇％の本心ではないのだ。発言はほぼ真実だし、本人にも嘘をついているつもりはないが、完全な真実ともいいきれない。ほんのわずかな違和感が、生田の瞬きの回数を増やしている。

　宗教活動に身を捧げるのが生きがい。一般的な若者の遊びには興味がないし、出家したことを後悔もしていない。本人はそう思っている――いや、そう思い込もうとしているが、それは完全な真実とはいい切れない。

　どういうこと……？

　そのときふいに駆け抜けた閃きに、絵麻は大きく目を見開いた。

「そういうことか」

　どこか放心したような女刑事の呟きに、生田が不審そうに眉根を寄せた。

4

隣で西野が缶コーヒーを吹き出しそうになる。

「同性愛、ですか」

「そう」

絵麻は頰杖をついていた。視線はノートパソコンの画面に向けられたままだ。

狛江西署の会議室だった。捜査本部に詰めた本庁の刑事のための寝室として使用されている部屋で、長机を端に寄せてできた空間には、何組もの布団が畳んで置いてある。いま部屋にいるのは、絵麻と西野だけだった。二人は壁際に寄せられた長机のうちの一つに向かい、肩を並べている。

「生田は佐々木のことが好きなんですか。好きっていうのは、その……ライクではなくてラブ的な」

あたふたとしながら顔を赤らめる西野を、絵麻は冷ややかに一瞥する。

「なんであんたがドギマギしてんの。そうよ。生田は佐々木に恋愛感情を抱いている。もっとも、本人はあくまで無自覚だろうけど」

そうであれば、あのとき生田の瞬きが増えたのにも納得がいく。生田は従属的な性格で、佐々木に引きずられるようにして信仰を続けている。なのにすべてをなげうって宗教活動に身を捧げることにかんしてはまったく後悔していないし、生きがいすら感じているという。生田はそれが自分の本心だと信じているが、深層心理では自らに嘘をついていることにも気づいている。それがあの瞬きだ。

最初に自分を誘い、後に脱会した友人への手厳しい態度からも、生田の保守的で抑圧的な価値観がうかがえる。そもそも自身の同性愛への偏見が強いため、自分が同性愛者であることを認めることができないのだろう。だから佐々木への感情は恋愛ではなく友情であり、宗教活動そのものが生きがいであると自分にいい聞かせることで、現状の認知的不協和を解消しようとしているのだ。

「生田にとって宗教活動に携わるということは、佐々木のそばにいられることと同義。だから佐々木ほど強い信仰を持っていなくても、宗教活動にのめり込むことができる」

「好きな女の子にいいところ見せたくて、部活を頑張るみたいな感じですか」

「そんなところね」

絵麻は組んだ脚に頬杖をつき、前かがみになってノートパソコンの液晶画面を眺める。

そこには白髪交じりの長髪を後ろで結んだスーツ姿の男が映っていた。目を閉じ、眉間に皺を寄せ、ゆらゆらと上体を揺らしながらうわごとのような声を漏らす。

『だいたいあいつのことは、最初から気に入らないと思ってたんだ。だけど神に誓っていうが、おれはやっちゃいない。嵌められたんだ。信じてくれ――』

「さっきからなに見てるんですか」

西野がいぶかしげに画面を覗き込んでくる。

「動画サイトに上がってる織田玄水の動画」

「織田玄水って、神護浄霊会の教祖ですね。へえっ。こういう人なんだ」

興味を惹かれたらしい。西野が顔を近づけてくる。

織田玄水の独白は続く。

『FBIの陰謀だ。おれに罪を着せて暗殺させ、真相を闇に葬ろうと――』

「これはなんですか。玄水はなんの話をしているんですか」

西野が不可解そうに顔を歪めた。

「ケネディ大統領を暗殺したとされるリー・ハーヴェイ・オズワルドの霊を自分の

身体に憑依させてるらしいわ」

　動画の流れるフレームの横のサムネイルには、ほかにも歴史上の有名人から、一発芸で最近ブレイクしたばかりの芸人まで、さまざまな著名人の名前が並んでいた。

「は？」西野の顔がさらに歪む。

「オズワルド、知らない？」

「それぐらいは知ってますけど、それって外国人ですよね。これ、日本語しゃべってるじゃないですか」

「しゃべってるわね」

　絵麻と西野は、織田玄水の熱に浮かされたような演説をしばらく見守った。

　やがて西野がぽつりと呟く。

「本当に、オズワルドの霊なんですかね」

「本当だと思う？」

　絵麻は唇の片端を吊り上げる。

　西野が強張った表情のまま首をかしげた。

「いや。そんなこと、思ってませんけど。だって日本語しゃべってるし」

「唇。舐めてる」

自分も唇を舐めてみせながら指摘すると、西野がぎょっと目を見開いた。
「なんでアンタがこんなコントみたいなイタコ芸をちょっと信じかけたかというと
――」
「信じてないですって」
無視して続けた。
「この男がすべてを自信満々で断定的に話していて、しかもそこになだめ行動なり
マイクロジェスチャーなりの不審なしぐさがまったくないから。いってる内容は明
らかにおかしいんだけど、普通の人間は自分がおかしいと思っていることを、ここ
まで堂々と主張できない。メラビアンの法則よ」
「えっと。それってどういう内容でしたっけ」
西野がこめかみをかく。
「簡単にいうと、人は他人の話なんてたいして聞いていないって話。印象形成には、
会話の内容はあまり関係がない。対人印象で重視される比率は表情が五五%、声質
や声の大きさなどが三八%、そして肝心の会話の内容は、わずか七%」
「ああ、それそれ。せっかく思い出したところだったのに、楯岡さんに先を越され
ちゃったな」

西野が自分の唇を舐めた。

絵麻は内心であきれながら続ける。

「加えて普通は自信や確信のなさ、嘘をついている自覚がなだめ行動やマイクロジェスチャーになって表れ、それが相手に疑念を抱かせる結果になる。でも裏を返せば、なだめ行動やマイクロジェスチャーを伴わずに自信を持って堂々と発言できれば、主張の内容がどんなにおかしくても、ある程度の説得力を持たせることができるってことよね。なだめ行動やマイクロジェスチャーがないということは、嘘をついていない。だから本当のことをいっている、という解釈。脳が認知的不協和を解消しようとするの。それでも論理的に考える人は相手の主張が破綻していることに気づくんだけど、感情に流されがちな人は破綻した主張を受け入れてしまう。カルト宗教の信者のできあがり」

それにこの男、と絵麻は液晶画面に視線を向けた。

「恰幅が良いだけじゃなくて、身長も高い。シェルドンの分類でいうと太っている人が分類される内胚葉型になるでしょうけど、内胚葉型の『くつろいだ』、『穏やかな』、『愛想のよい』といった性格傾向に加えて、身長が高い男性には『高圧的』という特徴も加わる。外見は比較的親しみやすいのに、半面で押しが強い。宗教団体の教祖としては——あと詐欺師としても、かなり恵まれた素質を持っているといえる。あと、モデルがモデルだけにあまり目立たないけど、この男が着ているスーツ、たぶんキートンのオーダーメイドだと思う」

「キートン？」

「イタリアの超高級ブランド。あんたのボーナスぜんぶ注ぎ込んでも一着買えないぐらいの」

「そんなに？」

西野が目を丸くした。

「ブランド志向はすなわち自身をブランド化しようという強い意識の表れだし、赤いネクタイを好んで身につけているところからも、精力的な自分を演出しようという意図を感じる。自信たっぷりな話し方と合わせると、意外と異性からの好感を獲得しやすいタイプだろうと想像できるし、自分でも異性受けを強く意識している。信者に禁欲を強いていながら、自分は性欲を隠そうともしていない」

「このルックスでモテるんですか」

西野は疑わしげだ。

「そりゃ、群れのトップのボス猿ってだけで、群れのメスからはモテるわよ。もしかしたら、ハーレムみたいなものを作っているかもしれない。それが可能なぐらいには、モテると思う。あくまでこの団体の中で、だけど」

「マジですか」

西野は複雑そうに笑っている。

「あんたも宗教団体作ってみたらいいんじゃない」

絵麻がからかっても、笑みは深くならなかった。

「どうしたの」

なにが引っかかっているのだろう。

すると、西野がいいにくそうに口を開く。

「楯岡さんの話を聞いていると、この男がただの嘘つきみたいに思えてきます。まあ、嘘つきなのかもしれませんけど」

「なにいってんの、あんた」絵麻は顔を歪めた。

「嘘つきというよりは、自分の妄想を信じ込んじゃっている状態だと思う。嘘をついている自覚がないから、なだめ行動が表れない。妄想性のパーソナリティ障害ね。カルト宗教の教祖はだいたいこのタイプ。この動画を見る限り、典型的」

絵麻は液晶画面を目で示した。陰謀論を訴えるオズワルドの主張の内容は明らかに破綻しているものの、なだめ行動はまったくない。

西野がううん、と唸り声を漏らす。

「なに。まだ納得いかないの」

「いえ。そういうわけじゃないんですけど……」

しばらくいいよどんだ後で、西野が遠慮がちに呟く。

「本当に、この男のいっていることはまったくの嘘なんですか」

「あんたね」

盛大なため息が漏れた。これだけ説明したのにまだわからないのか。

「本当に、本当に、一ミリも可能性はないんですか、この男に神通力があって、病気を治したりできるという可能性は」

人差し指と親指でほんの少しだけ隙間を空けた輪っかを作る西野は、すがるような表情だ。

「ないわよ。あるわけないでしょう」

「でも、生田のアトピーもよくなったって」

「子供のアトピーは大人になるとよくなるケースが多いから、たまたまそういう時期に重なっただけでしょう。あの手かざしの儀式の効果を本気で信じ込むことにより、プラセボ効果が作用した面も否定はできないけど」

　立場のある医師から処方されたものであれば、たとえ砂糖を固めただけの偽薬であってもある程度病状の改善が望める。それがプラセボ効果だ。そういう意味では、新興宗教の存在は絶対悪ともいい切れない。だがそれは信じる側の問題だ。織田玄水に特別な力があることにはならない。

「じゃあ、あの女の子はどうなんですか。脳腫瘍が小さくなったという女の子がいたじゃないですか。歌織ちゃん」

　そういうことか。絵麻は思わず目を閉じた。

　西野は信じたいのだ。織田玄水がただの妄想性パーソナリティ障害者であり、信者たちが熱心に取り組むあの浄めの儀式が、プラセボ効果しか期待できないただの気休めということになれば、現代医療の標準治療を放棄して教会に通い続ける脳幹グリオーマのあの少女にとっては、信仰は緩やかな自殺にほかならない。

　絵麻は静かに息を吐き出し、真実を告げる。

「放射線治療の効果だと思う。副作用が大きかったみたいだから、治療を中止したことで一時的に元気になったように見えるかもしれない。でも……」

　絵麻の唇を見つめる西野の喉仏が、大きく上下した。

「放っておけば、腫瘍はまた大きくなる」

「そんな……」

西野は愕然とした様子だった。

「なんとかできないんですか。教祖を逮捕して教団を解散させるとか、歌織ちゃん母子を説得して脱会させるとか」

「私だってなんとかしてあげたいと思ってるわよ」

逆ギレ気味になった。なにも少女を見殺しにしたいわけがない。できるなら救いたい。だがそれをするには、莫大《ばくだい》な時間と労力が必要になる。それも本来の業務とはまったく無関係の、時間と労力が。

そのことがわからないような西野ではない。

「すみませんでした」

「いいけど」

絵麻はそういった後で、沈黙を嫌うように話題を変えた。

「それにしても、佐々木はまだかしら」

腕時計に目をやるそぶりをする横で、西野も同じ動きをする。

「あと三十分ぐらいいっていってたけど、もう過ぎてますね。佐々木に取り調べを受けさせない作戦でしょうか」

「佐々木だけ取り調べを妨害したって意味ないんじゃないの。生田がいるんだから」

「そっか」

絵麻は二つの取調室を行き来しながら、生田と佐々木を交互に取り調べるつもりだった。片方が取り調べを受けている間、ほったらかしにされているもう片方は不安を募らせ、相棒がなにをしゃべっているのかと疑心暗鬼になる。ああでもないこうでもないと来《き》る《た》取り調べに向けてシミュレーションを繰り返し、考えうる質問への回答をひねり出す。考えに考えた弁明は、どうしても披露したくなるものだ。その結果、口が軽くなり、ボロも出やすくなる。

絵麻はいったん生田の取り調べを中断し、佐々木の待つ隣の取調室に移動しようとした。生田の取り調べ中に佐々木を隣室に連行しておくよう、所轄署員にあらかじめ言付けていたのだ。絵麻が生田を取り調べる際に、壁越しにもごもごとした不明瞭な音声を聞かせることも、佐々木を不安にさせる効果がある。

ところがいざ生田の取り調べを中断してみると、隣室に佐々木の姿はなかった。所轄署員に確認してみると、神護浄霊会から依頼された弁護士が接見中らしい。所轄署員は取り調べが済むまで待つようにと断ったが、口喧嘩では弁護士のほうが一枚上手だったようだ。現在進行形で取り調べを受けているわけではない佐々木の接見については、許可せざるをえなかったという。

「ちょっと様子を見てきましょうか。もしかしたら接見はもう終わってて、所轄さんが僕らに伝えるのを忘れてるだけかも」

「お願い」

西野が立ち上がったそのとき、遠くから怒声が聞こえた。

「触るな！　暴行で告訴するぞ！」

どうしたんでしょう、という顔で、西野がこちらを見る。

絵麻も立ち上がり、西野と一緒に廊下に出た。声は階下から聞こえている。二人で階段を駆けおりた。

「やめなさい！　このままだとあなただって不法侵入になるんだぞ！」

「おもしろい！　私を逮捕してみればいい！　警察がなにをしたか、私たちがなにをされたか、洗いざらいぶちまけてやる！」

一階におりると、所轄署員たちが廊下を塞ぐように横並びに立ち、スーツを着た四十歳ぐらいの男と対峙している光景に遭遇した。

「なにごと？」

いちおう確認したものの、なにが起こっているのかはだいたい想像がついた。

バリケードの一部になっていた制服の所轄署員が、困ったようにこめかみをかきながら予想通りの説明をする。

「この男が、生田にも接見させろとうるさいんです。いま取り調べ中だから終わるまで待ってくれと説明したんですが……」

「正確には、いまは取り調べ中じゃないだろう！　取調官は休憩中だといったじゃないか！」

雑談の中で、所轄署員が口を滑らせたようだ。

スーツの男が強引にバリケードを突破しようとし、所轄署員たちに押し返される。するとスーツの男は自分の胸のあたりを触り、血相を変えた。

「いま、私を突き飛ばしたな」

「突き飛ばしてない。ちょっと触れただけだ」

スーツの男の胸を押した所轄署員が、あきれたように両手を振る。

「ものはいいようですね。これは明らかな暴行ですよ」

演技がかった動きで同意を求めるように周囲を見回している途中で、絵麻に気づいて『驚き』の微細表情が表出する。遠巻きに見守る警察関係者の中に、明らかに雰囲気から浮き上がっている異物を発見したという意味の『驚き』だろう。

絵麻はにっこりと微笑み、スーツの男に歩み寄った。

「あなたが神護浄霊会に派遣された弁護士ね」

「そういうあなたは」

「警視庁捜査一課の楯岡絵麻。生田忠裕の取り調べを担当してる」

男の顔に先ほどよりも大きな『驚き』が走る。

だがさすが弁護士というべきか。相手がとても刑事に見えない女だからといって、油断を見せるそぶりはなかった。『嫌悪』を覗かせながらいう。

「生田氏の取り調べを担当する人間がここにいるということは、やはり取り調べは中断していたということですね。接見を要求します」

「ごめんなさい。ちょっとお手洗いで席を外していただけなの」

「席を外していたということはすなわち、中断ではないのですか」

「映画の途中でトイレに立ったとしても、購入した座席の権利はなくならない」

「映画と取り調べは違う」

「見解の相違ね。その点については、こんどあらためて議論しましょう」

「あなたと議論することに意味はない。私が求めているのは生田氏との接見です」

「かまわないわよ。取り調べが終わったら好きなだけ接見してちょうだい。何時間でも、何日でも。ただし——」

絵麻は顎を引き、挑発するような上目遣いになった。

「こっちが終わるまで何時間かかるかわからないけど」

行くわよ、と西野を顎でしゃくり、スーツの男に背を向ける。

取調室のほうに歩き出そうとしたとき、男が叫んだ。

「神の前に跪《ひざまず》け！」

振り向いた絵麻を指差し、もう一度。

「神の前に跪け！　いますぐだ！　でないと地獄に落ちるぞ！」

絵麻と西野は互いの顔を見合わせた。

絵麻は半身になり、男に告げる。

「私の神様は私。信仰を持つのは勝手だけど、他人に押しつけないで」

取調室に向かおうとすると、ふたたび男の声が飛んでくる。

「知りたくないのか！　佐々木との接見の様子を！」

「本人に聞くから大丈夫」

背を向けたまま肩越しに手をひらひらとさせる。

絵麻を通そうと、所轄署員たちのバリケードが割れた。

「佐々木が警察なんかにしゃべると思っているのか！」

「私にはしゃべる」

「そういう意味じゃない！」

絵麻は立ち止まり、顔をひねった。

スーツの男は足を肩幅に開き、肩をいからせて敵意をむき出しにしている。

「どういう意味？」

「さあな」

唇の片端だけを吊り上げる、含みのある笑顔。ただのこけおどしか、それとも
……。

「佐々木はいま、どこに」

絵麻はそばにいた所轄署員に訊いた。

「指示通り、取調室に」

眉に白いものの交じった年輩の所轄署員は、廊下に並んだ扉を目で示した。

すると別の若い署員がいう。

「いや。いまはたしかトイレです。接見室から連れてくる途中で催したらしく

……」

「まだ便所なのか。長すぎないか」

　年輩の署員は不審げだ。

「でも戻ってきたところを見ていないし」

　若い署員が自信なさそうに答えたとき、遠くから声が聞こえた。

「おい！　しっかりしろ！」

「意識はあるのか！」

「救急車だ！　早くしろ！」

「それよりAEDだ！　持ってこい！」

　幾人もの声と慌ただしい足音が重なり合い、騒然となっている。

「なにがあったんでしょう」

　西野が不安そうに呟くのとほぼ同じタイミングで、年輩の所轄署員が若い所轄署員に顎をしゃくった。

「ちょっと見てこい」

「わかりました」

　若い署員が駆け出そうとしたちょうどそのとき、混沌とする騒ぎの中から答えがもたらされる。

「自殺未遂だ！　便所のドアノブで首吊りやがった！」

「えっ……」

それが誰の声なのか、絵麻にはわからなかった。西野なのか、様子を見に行こうとした若い所轄署員なのか。両方かもしれない。そんなことはどうでもいい。大きな衝撃に視界が揺れた。気が遠くなるような感覚の中で、懸命に意識を弁護士にフォーカスした。

細身の身体。薄い眉。切れ長の目。青白い肌にくっきりと浮いた目の下の隈。スーツは袖口がほつれて糸が飛び出しており、仕立てが良いものではない。こういう場面のために必要に迫られて所有しているだけで、服装にかんしてはあまり関心がない。なのにスラックスの折り目はくっきりと表れているので、普段から着用しているのではなく、今回の接見のために引っ張り出してきたのだとわかる。日常的に弁護士業務を行っているわけではない。教団から依頼された弁護士と聞かされていたが、この弁護士自身も信者として宗教活動を行っているのだろう。そんなことはあらためて観察するまでもなく「神の前に跪け」という発言でわかる。

喧噪の中、絵麻と弁護士だけの時間が止まっていた。二人を結ぶ張り詰めた糸のような緊張が漲っている。

弁護士がふいに目を細め、唇の端を持ち上げる『喜び』の微細表情を見せた。もちろん、それは絵麻にしかわからない。だがたしかに弁護士は、この状況を歓迎している。絵麻にはそれがわかった。

弁護士の言動を反芻する。この男は佐々木に接見した後、生田との接見を望んで取調室に押しかけようとした。だが所轄署員たちに阻まれ、望みは叶っていない。にもかかわらず、満足げに『喜び』の微細表情を覗かせた。佐々木はトイレの個室のドアノブで首を吊り、自殺を図ったようだ。直前の言動から考えると、弁護士は佐々木のその後の行動を予測していた。というよりも、おそらく弁護士が佐々木に行動を指示した。

目論見どおりにことが運んだという『喜び』――？

待て。それだけではないはずだ。

弁護士は、佐々木との接見の様子を知りたくないかと訊ねてきた。まるで自らが自殺をほのめかしたと認めるような発言だ。その後佐々木が自殺を図れば、当然のように警察の疑いの目が自分に向けられる。そのリスクを理解できない男ではないだろう。にもかかわらず、弁護士はあえて自らの作為をほのめかした。

自己顕示欲を満たすため？

違う。この男は自己愛に満ちたサイコパスではない。

ならばなぜ……。

そのときふいに、先ほどの場面がフラッシュバックした。

――神の前に跪け！　いますぐだ！　でないと地獄に落ちるぞ！

あれは、まさか。

絵麻は反射的に床を蹴り、駆け出していた。向かった先はほかの署員たちとは逆の、取調室のほうだ。

生田が待っているはずの取調室のドアノブを握り、ひねる。

が、ノブが固くてまわらない。

やっぱり――。

悪い予感が当たったことを確信して暗澹《あんたん》たる気分になりながら、両手に全体重をかけてノブをまわした。あらためてノブを引くが、扉が開かない。

「どうしたんですか」

西野が駆け寄ってくる。

「開けて！」

「えっ。壊れたんですか」

「いいから早く！」

絵麻に腕を叩かれた西野が、弾かれたように動き出す。

絵麻に替わってドアノブを握り、力をこめて引いた。

「えっ……なんで。なんで開かな……」

混乱した様子でいいながらノブを引く西野の顔が、みるみる赤く染まる。西野の低い唸り声とともに、ようやく扉が開いた。それと同時に、人間の右腕が廊下に飛び出してくる。

「うわっ！」

西野は驚いて飛びのいたが、絵麻はすぐさま室内に飛び込んだ。

右腕は生田のものだった。上半身裸の生田が、ぐったりとしながら扉に後頭部をもたせかけている。脱いだ衣類の袖同士を結んで輪を作り、それをドアノブにかけて首を吊ったようだ。顔全体がどす黒く変色していた。呼吸も脈拍もない。

事態を把握したらしい西野が駆け寄ってくる。二人で協力して生田の首を絞めている輪を外した。

「こっちにもＡＥＤを」

廊下に生田を仰向けに寝かせながら、西野に指示を出す。

「わかりました」

西野が立ち上がった。

「救急に通報も！」

「わかってます！」

頷いて走り出す。

絵麻は生田の鳩尾《みぞおち》に両手を置いて心臓マッサージを開始しながら、遠ざかる西野の背中を見送った。

そこにあったはずの弁護士の姿は、すでに消えていた。

5

玄関のガラス扉越しに筒井と綿貫の姿が見え、「あ。来た」と西野が立ち上がった。

綿貫のほうが先に気づいたらしく、あっちですという感じに絵麻たちを指差し、歩み寄ってくる。

絵麻は合皮のシートに腰かけていた。太腿に肘をつき、顔の前で手を重ねた祈るような姿勢のまま、目だけを動かす。

「お疲れさまです」

筒井は西野の挨拶には応えず、絵麻と西野の間で視線を往復させた。

「どうなんだ、生田の容態は」

「一命は取り留めました。ですが意識はまだ」

西野が答えた。

「まだ、ってことは、そのうち戻るのか」

「さあ。そこまでは。僕は医者じゃないんで」

綿貫に詰め寄られ、西野が胸の前で両手を振る。

「戻っても事情聴取は無理だと思います」

全員の視線が絵麻に集中した。

絵麻は床の一点を見つめたまま続ける。

「生田の自殺未遂に気づいて蘇生措置を開始するまでに、心停止から三分は経過していたと思います。おそらく脳になんらかの後遺症が残るのではないかと」

いいながら、絵麻は唇をきつく噛み締めていた。

らなかった。

迂闊《うかつ》だった。あの弁護士の狙いにもっと早く気づいていれば、こんなことにはな

「なにやってんだ。馬鹿野郎！」

「そんなこと僕らにいわれても！」

筒井が怒鳴り、西野が反駁《はんばく》する。

「いや、西野。私が悪い。今回は完全に私のミス」

意外な絵麻の態度に、全員が言葉を失った様子だった。

やや間を置いて、筒井が舌打ちする。

「ったくよ。やらかしてくれたもんだよな。なにがエンマ様だ。聞いてあきれるぜ。おまえのせいだ。おまえのくっだらないミスのおかげで、このヤマ下手したら不起訴だぞ。せっかく漆の入手元をほぼ特定したっていうのによ。どうしてくれんだ」

筒井たちが漆の入手元らしき店舗を特定したと連絡してきたのは、生田と佐々木の自殺企図で署内が騒然となるさなかだった。漆の入手元は、練馬《ねりま》の商店街にある小さな塗料店らしい。店主は生田と佐々木の人相着衣についてうろ覚えだったものの、商店街の防犯カメラに二人の姿が捉えられていたのだという。

西野が反論する。

「悪いのは楯岡さんだけじゃありません。取調室を離れて生田を一人にしたのが問題なら、僕にも非があります」

「それもどうせ楯岡の指示だろうが。だったら楯岡の責任だ」

ぐっ、と西野が言葉を詰まらせた。

「でも、それをいうなら佐々木だって自殺したわけで……っていうか、佐々木のほうは完全に死亡するまで気づかなかったんですし、責任でいったら、佐々木の自殺に気づかなかったほうが重いんじゃないですかね。少なくとも、生田のほうは一命を取り留めたんですから。僕らだけを責めるのはお門違いじゃありませんか」

救急の到着まで懸命の蘇生措置が行われたものの、佐々木のほうは心臓が動き出すことはなかったようだ。救急隊員から電話で状況を伝えられた救命指導医により、死亡宣告が行われたという。

「死ななかったってだけだ。後遺症が残ってまともに口も利けなくなっちまったら意味がない」

「そういういい方はないでしょう。人の命の話ですよ」

「おれは命じゃなくて仕事の話をしてる。任同かけた重要参考人二人に首吊らせるなんて、前代未聞の失態だぞ。おれにいわせりゃ、生田が死ななかったのはたまたま運がよかっただけだ。無能だよ。佐々木を便所にこもらせて首吊らせた所轄の連中も、おまえらもな」

「だけど――」

なおも筒井に食ってかかろうとする西野を「もういい」と絵麻は遮った。

「もういいわ、西野。あの弁護士のマイクロジェスチャーをよく観察していれば、生田の動きにもっと早く気づけた。私が悪い」

「あの弁護士がなにかしたんですか」

そういった後、西野は自分の発言を否定するようにかぶりを振った。

「でもありえない。佐々木にたいしては接見したときになにかしらの働きかけができたかもしれないけど、生田には対面すらしていないし」

「でも、声は聞こえてた」

そこでようやく、絵麻は顔を上げた。西野と筒井と綿貫。三人が神妙な表情でこちらを見ている。

「声……ですか」

西野が眉根を寄せた。

「ええ。いってたでしょう？　神の前に跪けとか、地獄に落ちるとか」

「ああ。そういえば」

西野が記憶を辿るように虚空を見上げる。

「あれは私にいってるんだと思ってたけど、違った。生田へのメッセージだった」

――神の前に跪け！　いますぐだ！　でないと地獄に落ちるぞ！

そう叫んだとき、弁護士の視線が一瞬、絵麻を通り越して取調室のほうを向いたのには気づいていた。それを生田に面会したい願望の表れだと解釈してしまった。違ったのだ。あの状況でいくらごねようと、生田への面会は叶うはずがない。弁護士はそれを悟り、自分の声を生田に届けようとした。

「でも別に、あの弁護士は死ねとか自殺しろなんていってませんでしたよ」

不可解そうに首をひねる西野に、絵麻はいった。

「洗脳する際にあらかじめトリガーとして埋め込んでいたんだと思う。あの言葉を聞いたら自らの命を絶つように」

「催眠術みたいなもんか」

筒井はまだ不機嫌を残した声だ。

「カルト宗教の洗脳も催眠術も、メカニズム的にはほぼ同じです。より深く、解けない催眠術が、カルトの洗脳だと解釈すれば理解しやすいと思います」

「いまだに麻原《あさはら》を信仰するオウムの残党がいるぐらいですからね。何人もの命を奪った極悪人なのに」

綿貫がまったく理解できないという顔で顎をかいた。

「極悪人というのは、あくまで私たちの価値観における解釈に過ぎない。オウムにも正義があって、人の命を奪うのにも正当な理由があったと、少なくとも本人たちは信じている」

絵麻はいった。

「だがいくら洗脳されているとはいえ、そう簡単に自分の命を絶つもんかね。人を殺すのは自分が痛い目を見るわけじゃないが、自殺までするってのは……だって死んだらおしまいじゃないか」

筒井が疑わしげに語尾をうねらせる。

「おしまいじゃないんです、少なくともあの教団の信者には。生田もあの弁護士も、地獄に落ちるという表現を使っていました。なだめ行動やマイクロジェスチャーを観察する限り、比喩でもなく、心からその存在を信じているようでした。地獄に落ちるということは、そうでない死後の世界もあるということでしょう。死後の世界を心から信じているから、死への恐怖が薄いし、現世の楽しみを捨てて宗教活動にすべてを捧げることができるんです。一九九七年のヘブンズ・ゲートの集団自殺はご存じですか」

筒井は少し考える表情をして、かぶりを振った。

「いや。日本の話じゃないよな」

「アメリカのカルト宗教です。三十九人もの信者が集団自殺したんですが、彼らはヘール・ボップ彗星に続いて宇宙船がやってくると信じており、魂を自分たちの肉体からその宇宙船に乗り換えさせるために自殺しました。また一部の男性信者は自殺後に訪れる性別のない生活にそなえ、自主的に去勢していました」

「うわ。自分で……」

西野がちらりと自分の股間に視線を落とし、痛そうに顔を歪める。

「それだけではありません。集団自殺の二か月後、その現場にいなかったヘブンズ・ゲートの信者二人が自殺を試みました。一人は死亡しましたが、もう一人は昏睡状態に陥ったものの一命を取り留め、その後回復しました。ところが生き残ったその信者も、翌年に自殺してしまうんです」

「ってことは、一年経っても洗脳は解けなかった」

西野はなかば呆然とした口調だ。

「教団がなくなり、ほかの信者との日常的な接触がなくなったにもかかわらず、ね。カルトの洗脳が怖いのは、他人の生命を軽視するようになることだけじゃない。自分の生命すらも、平気で投げ出すようになることなの」

「死ぬのが怖くないやつってのは、なにしでかすかわかんねえからな」

筒井がしかめっ面で頷く。

「ええ。ただ……」

「ただ、なんだ」

筒井が首を突き出すようにしながら続きを促した。

「織田玄水の……教祖の動画を見た限りでは、それほどまで過激な教義を打ち出しているようには思えなかったんです」

「馬鹿抜かせ。即身仏を作ろうとするような連中だぞ。あれを過激といわなくて、なにが過激なんだ」

「そうですよ。まともな人間のすることじゃない」

筒井と綿貫のいう通りかもしれない。

だが教祖の動画を見た時点で、はたしてこれが教団ぐるみの犯罪だったのだろうかという疑問が湧いたのも事実だった。

織田玄水は妄想性パーソナリティ障害だ。現実離れした妄想を事実だと思い込み、なだめ行動を伴うことなく断言することにより、発言にある種の説得力を持たせてきた。だが動画を見る限りでは、信者を『恐怖』で支配するような発言はしていなかった。たいして生田と佐々木の自殺企図は、明らかに『恐怖』に囚われた末の行動だ。二人は捜査の手が教団に及ぶような自白をすることにより、地獄に落ちるのを恐れていた。

「もしかして、神護浄霊会には内紛が起こっているのかも」

だとすれば納得がいく。本来の教義を曲解した派閥が存在し、教祖の知らないところで暴走したのだ。

「そんなこと知るか。内紛でもなんでも勝手にすりゃいい。問題は佐々木が死に、生田が意識不明になったことにより、真相解明への道が閉ざされたってことだ。杉並の教団施設へのガサでもなにも出てきていないし、教団としては即身仏を作るような過激な修行はやっていないといい張っている。このままじゃ、あくまで生田と佐々木による個人的な犯行ってことで片付けられちまうぞ」

ふいに、西野がなにかを思いついたような顔をした。

「あの弁護士を引っ張ったらどうですか。二人とも、あの弁護士が接触したのをきつかけに自殺しようとしたわけですし」

話の途中から、絵麻はかぶりを振っていた。

「秘密交通権があるから接見の内容はぜったいに明かさないし、そもそも弁護士が二人を自殺に導いたという証明ができない」

「けど、おまえのいうことが本当だとすれば、桜井の監禁にかかわってるのは生田と佐々木だけじゃないってことだよな。教団から派遣された弁護士が、二人を口止めしたってことなんだから」

本当だとすればな、と強調するようにいいながら、筒井が目を細める。

「本当です。間違いなく、生田と佐々木に指示を与えた人間がいます」

絵麻はその視線をしっかりと受け止めた。

このまま真相を闇に葬ってはいけない。

しばらく絵麻と目を合わせた後で、筒井がすとんと肩を落とす。

「だとしても、いまは攻め手を失った。どうしようもない」

そのとき、絵麻のスマートフォンが振動した。音声着信のようだ。

発信元を確認した瞬間、絵麻の全身を電流が駆け抜けた。

「どうしたんですか」

西野の質問も、鼓膜を素通りする。

未登録の電話番号だ。液晶画面には電話番号だけが表示されている。

だが絵麻には、その十一桁の数字を見ただけで、発信者が誰かわかった。

6

駅前のファストフード店が見えてきた。

ガラス越しの店内では、琴莉がテーブルに肘をつき、退屈そうにスマートフォンの画面を眺めている。早足で出入り口に向かっていると、向こうも気づいたようだ。あっ、という顔をして、笑顔で軽く手を上げる。

西野は店に入るとコーヒーを注文し、カップを載せた盆を持って琴莉の席に近づいていった。

「悪い。遅くなった。待った？」

「五分ぐらい？　乗り換えの電車、一本早いのに乗れちゃったから、思ったより早く着いちゃった。そっちこそ大丈夫だったの。いま忙しいんでしょう」

「まあ、忙しいといえば忙しいんだけど」

西野は困り顔で頭をかく。友人とお茶してる場合でないのはわかっているが、相棒の楯岡が一人で出かけてしまってやることもない。捜査本部はすぐそこだし、こなら急な呼び出しにも対応できるから大丈夫だろう。

西野が席につくや、琴莉はテーブルに身を乗り出した。

「時間ないだろうから、結論からいうね。一刻も早く病院を受診させて」

「そんなに怖い病気なのか」

琴莉のこんな深刻そうな表情は見たことがない。

「私も詳しくはないから、西野から電話をもらって脳外科の先生に聞いてみた。一口に脳幹グリオーマといってもたくさんの種類があるから一概にはいえないけど、もっとも有名なびまん性正中グリオーマだと、発症から一年以内に死亡する確率は五〇%、中央値で七か月から十六か月なんだって」

「それって、一年で……」

死という単語を口にするのがはばかられ、言葉を飲み込む。

「もちろん、びまん性正中グリオーマでなければ少し話は変わってくるし、びまん性でも長期生存の例外はあるみたいだけど」

――あなたが幸福でありますように。

そういって頭を下げる少女の姿が蘇り、西野は言葉を失った。あの少女は一年も経たずにこの世を去る。そんな状況なのに、他人の幸福を祈っていたというのか。

楯岡が出かけた後、西野は神護浄霊会杉並支部で出会った母子のことを思い出した。現代医療による標準治療を拒否し、宗教にすがる母と娘。腫瘍が小さくなったことを、楯岡は信仰の力ではなく「たまたま」だといい切った。警察の立場でなにもできないのはわかっている。それでも、西野には黙って見ているなんてできなかった。直接なにかをすることはできない。だが、もしも捜査の結果、神護浄霊会が解散させられるような事態になれば、母子も目を覚ますのではないか。信仰を捨て、ふたたび現代医療に頼ってくれるのではないか。

西野は脳幹グリオーマについて教えてくれと、スマートフォンで琴莉にメッセージを送った。するとすぐに琴莉から電話がかかってきた。ちょうど夜勤明けで非番だったらしい。

――どうしてそういうことを訊くの？

――知り合いがそうなの？

――いまどこ？　すぐ行くから。

捜査情報を漏らすわけにもいかず、質問攻めを曖昧にはぐらかしていると、落ち込んでいるせいで口が重いと誤解されたらしい。琴莉は西野が詰めている捜査本部の最寄り駅を聞き出すと、「二時間で行く」といって一方的に電話を切ったのだった。

西野は少し早めに待ち合わせ場所に来て待っているつもりだったのだが、琴莉はもっと早くに到着していたようだ。相変わらずの行動力に舌を巻く。

「それが、そう簡単にもいかない話でさ」

西野が気まずそうに肩をすくめると、琴莉はむっとして眉を吊り上げた。

「どういうこと。その子を見殺しにする気？」

「そんなわけないだろう」

「じゃあどういうわけ。さっきから西野、歯切れ悪いよね。その子を助けたいから連絡してきたんじゃないの」

「もちろんそうだ。ただ、おれにはその子の親を説得できない」

「どうして」

「軽く立ち話した程度の関係だし、なによりその子のお母さんは、新興宗教に入れ込んでいるんだ」

ぽかんと口を開いた琴莉が、ようやく合点がいったという顔になる。

「そういうことか。標準治療を拒否してるって聞いてたから怪しげな民間療法かと思ったら、そっち。もしかして、捜査で知り合った相手？」

西野は肯定の代わりに鼻に皺を寄せた。

「歌織ちゃんという名前しか知らない。住所どころか、苗字すらわからないんだ」

「なるほどねえ」

琴莉はふうと長い息をつく。

「でも西野らしいね。たったそれだけのかかわりしかない女の子の病状を、そこまで気にするなんて。相変わらずおせっかい」

「わかってるさ。目の前の一人を助けたところで、そんなのは問題の根本的な解決にはならない。ただの自己満足だ。でも、だから放っておくっていうのも、なんか違う気がする」

「西野は間違ってない」琴莉はきっぱりといった。

「たしかに目の前の一人を救ったところで問題の根本的な解決にはならないけど、そういう一人ひとりのやさしさがないと、世界は変わらないと思う。だから西野は正しい。間違ってなんかいない」

「坂口……」

琴莉は照れ隠しをするかのように笑った。

「なんか安心した。西野はやっぱり西野だなって」

「なんだよそれ。当たり前だろ」

西野も頰を緩める。

「西野。覚えてる？　高校のとき、私が彼氏からもらった誕生日プレゼントのイヤリングをなくしたことがあったでしょ」

「そんなことあったかな」

覚えてないのかよ、と琴莉が殴る真似をする。

「あのとき、私は早々に捜すのを諦めて彼氏に謝って済ませるつもりだったんだけど、西野が見つけてきてくれたんだよね。夜遅くまで教室とか、体育館とか、通学路を捜し回って、制服を泥だらけにして」

「そうだったっけ」

とぼけてみせたが、はっきりと覚えている。なんであんなに必死になったのか。昔から馬鹿だったな、と思う。

「私も調べてみるよ」

思いがけない申し出に、西野ははっとなった。

「そこまでしてもらうのは悪い」

「かまわないって。仕事ほっぽりだしたり、寝る時間削ってまでやるわけじゃないし。こういう機会じゃないと連絡しない看護学校の同期とかもいるし。あくまでついでだから気にしないで」

　巻き込んで申し訳ないという思いもあるが、琴莉が一度いい出したら聞かない性格なのもよくわかっている。素直に協力を受けることにした。

「ありがとう」

「まだお礼をいうのは早いからね。歌織ちゃんという名前と、脳幹グリオーマという病名しかわからないんじゃ、調べてみても結局わからないかもしれない」

「それでもありがとう」

　膝に手を置いて頭を下げる。

　すると、額をとん、と人差し指で押された。

「水臭いぞ。私と西野の仲じゃないか」

　視線を上げると、高校時代から変わらない、にんまりとした笑顔がそこにあった。

7

代官山の大型書店の洋書コーナーに向かうと、立ち読みをするスーツ姿の背中が目に入った。仕立ての良いスーツは高級ブランド製の、おそらくオーダーメイド品だろう。男の身体にぴったりとフィットし、均整のとれたスタイルをいっそう際立たせている。

一瞬、声をかけるのを躊躇した絵麻の心境を察したかのように、男が手にしていた洋書を閉じた。

「久しぶりだな。絵麻」

振り向いた拍子にほのかに漂うディオール・オムのオードトワレ。まだこの香水、使ってたんだ。それとも、久しぶりの再会を演出するために、あえてこの香水を選んだのか。

塚本拓海《つかもとたくみ》。それが未登録の電話番号の持ち主だった。

絵麻は塚本の隣に並び、目についた海外の雑誌を手にとった。この間観たハリウッド映画で主演していたアメリカの映画俳優が表紙を飾っているものだ。

「よくもまあ、のうのうと電話できたものね。もっとも、気まずいとか申し訳ないなんていう感情とは無縁の人には、そんなこと気にならないんでしょうけど」

「参ったな。きついことをいうじゃないか」

塚本が浮かべた爽やかな笑みは、あえて視界に入れない。雑誌をめくり、新作映画のレビューページに目を通すふりをする。

「いいのよ。感情があるふりなんてしなくても。あなたがなにをしようが、もう私はあなたに好感なんか抱かない。作り笑顔なんて表情筋を動かすエネルギーの無駄でしかないから必要ないわ」

嫌みでも皮肉でもない。本当のことだ。塚本にはいわゆる感情がない。だから自分の目的のために他人を利用することに躊躇がない。卑怯という概念もない上に、誰かに情をかけることもないから、手段も選ばない。

塚本がにこにことした好青年然としたオーラを収め、無表情になる。

「そういういい方はないんじゃないか。昔の恋人の窮地を見かねて、救いの手を差し伸べてやろうと電話したのに」

「あなたに恩義や情はない。あるのは打算だけ。聞いてるわよ。警察庁傘下のプロファイリングチームの話」

「光栄だな。警視庁捜一の最終兵器に、気にかけていただいているなんて」

「知りたくもなかったけどね。自分たちの縄張りを荒らされるかもしれないって捜一のおじさまたちが騒いでたから、いやでも耳に入ってくるの。あなたが噛んでるってすぐにピンときたわ」

「さすがエンマ様。鋭いな」

　からかうような口調に、絵麻は不快げに顔を歪める。「自分の飼っているエスに裏切られる失態を犯したあなたには、もはや公安に居場所なんてないもの」

だから自ら居場所を作った。悔しいが、並外れた行動力と政治力については認めざるをえない。

「その通りだ」塚本はあっさり認めた。

「Ｃ-ｍａｓ《シーマス》は——警察庁の犯罪心理分析班は、プロファイリングで犯人像を絞り込み、犯罪捜査のスピード化と効率化を図るチームだ。プロファイリングによる犯罪捜査は海外でこそ一般化しているが、日本ではまだ実用化されていない。古い捜査手法にこだわる現場からは、抵抗も大きい」

「だから私に恩を売っておきたいのね。いま私を助けておけば、いざというときに利用できる」

「困ったときはお互いさま、という言葉もあるだろう」

「物はいいようね」

塚本がふっと小さな笑みを漏らす。

「絵麻のいう通りだ。Ｃ－ｍａｓの存在自体は公表されていないため、自由度は高いが与えられた権限はけっして大きくない。捜査本部に参加しても遊軍扱いで、捜査員をこちらの捜査に割いてもらえることも少ない。これから実績を重ね、結果で証明していくしかないんだ。そのためには、本庁捜一の最終兵器とのコネは強力な武器になる。Ｃ－ｍａｓへの参加を決めたときから、おれはふたたび絵麻にコンタクトをとる機会をうかがっていた。絵麻とのつながりは、おれにとって強力なカードになりえる」

利用されるのはけっして愉快ではないものの、ここまで明確に宣言されるとむしろすがすがしい。怒りも湧かない。

「それがあの電話ってわけね。新興宗教団体絡みの事件で、捜査が行き詰まったタイミングを見計らっての」

「行き詰まったと感じた瞬間、絵麻もおれのことを思い出したんじゃないか」

塚本のいう通りだったが、絵麻は開いた雑誌の記事に目を落としたまま、否定も肯定もしなかった。塚本には行動心理学の知識もある。絵麻がなにかリアクションを起こせば、塚本を喜ばせるマイクロジェスチャーが出てしまうだろう。

「こうして呼び出したってことは、あの団体について有益な情報があるんでしょうね」

「ないと思うか」

塚本が意地悪っぽく笑う。

「思わない」

塚本が連絡をしてきたのは昔の恋人のよしみなどではない。ここで絵麻に恩を売り、今後利用するためだ。貸しを作るための手土産を、必ず持参している。

「神護浄霊会が設立されたのは一九七五年。教祖の織田玄水こと、佳山二三男《かやまふみお》が主催する自己啓発セミナーが母体になっている。新宗教の中ではベースとなる宗教を持たない、いわゆる〈その他の諸教〉という分類になるな。教義もいろんな宗教をパクったパッチワークで、まともに宗教史すら学んだことがない人間が作ったような代物だ。連中が教会と呼ぶ施設は関東圏を中心に十七。信者数は公称三千人ということになっているが、実数は多く見積もってもせいぜい二千人弱といったところか。あの手の団体は信者数を実際の何倍にも盛って公称するのが普通だからな。規模的には小さめの宗教団体ということになる。とはいえ二千人近くの人間が滅私奉公して私財を寄付するから、金回りは悪くない。相模原の本部施設は周辺の土地を買収しながら建物の増築を繰り返し、ここ五年で以前の倍ほどの敷地面積になっている」

「いつからウィキペディアになったの。知りたいのはそんな表層的なことじゃない」

「わかってるさ。ただ、前戯はあったほうがいいだろう」

「あなたもそんな親父ギャグをいうようになったのね。まったく笑えない」

「おれもおもしろいとは思わない。だがあえて頭の悪い人間のふりをすることで、相手に親近感を抱かせられる。もっとも、心から笑えたギャグなんて人生で一度もなかったがな」

くだらないサイコパスジョークを無視して、絵麻は訊いた。

「あの団体、公安の監視対象になってるの」

「ああ。エスも送り込んでいる。しかも驚け。偶然にもおれが送り込んだエスだ」

絵麻が反射的に眉根を寄せたのを見逃さなかったようだ。塚本がいう。

「『嫌悪』の微細表情だな」

「微細表情？　微細じゃない。はっきりと『嫌悪』を表したつもりだけど」

「その発言はちょっと笑えるな。愉快だ」

言葉とは裏腹に、塚本はまったく笑っていない。

「この男はまた恋愛感情を利用し、女をエスに仕立て上げているのか。かつての私がそうだったように……そういう『嫌悪』だな」

「よくわかってるじゃない」

「それなのに、エスのもたらす情報を当てにしてしまっている自分への『嫌悪』でもある」

図星だ。絵麻は黙っていた。

「安心しろ。神護浄霊会に送り込んだエスは女じゃない」

「そういう問題じゃない」

絵麻の言葉を無視して、塚本はいった。

「絵麻の質問への回答は、イエスであり、ノーだ」

「まだ質問してないんだけど」

「その手間を省いてやった」

「相変わらず傲慢ね」

「警察が身柄を拘束した二人の信者が自殺を図ったが、あの団体の教義はそれほど危険なのか。質問はこれだろう」

「断定口調で会話の主導権を握ろうとしているけれど、あらためていわなくてもわかりきっていることだから」

「相手が絵麻でなければ通用したと思うが」

「相手が私だとわかっているんだから余計な小細工はしないで。それでイエスであり、ノーでもあるというのは、どういう意味」

「もともとは比較的穏健派の団体だったので、それほど危険視していなかった。だが、このところやや風向きが変わりつつあるってことだ。急速に終末思想にかたむいている」

「世界の終わりが近づいているって……？」

「ああ。東日本大震災や熊本地震、西日本豪雨災害など、このところの異常気象や災害は、その兆候ということらしい。天変地異を認知的不協和に見立て、世界の終わりという結論で『合理化』を図り、解決しようとしている」

「思考のメカニズムの説明は必要ない」

「そうだったな。普通の人間に説明する感覚でつい……」

「さりげなく私を自分と同じカテゴリーに含めないで。なにをされても私はあなたにシンパシーなんて抱かない」

「冷たいな」

「サイコパスにいわれたくない台詞のアンケートをとったら一位に来るような台詞を吐くわね」

絵麻は鼻に皺を寄せた。「でも一つわかった」

「なにがだ」

「信者から地獄に落ちると何回かいわれたのは、そういうことだったのかって」

「そんなことをいわれたのか」塚本は初めて心から愉快そうな笑顔を見せた。

「そういうことだ。終末思想は信者への洗脳を深めるために利用される。生き残るため、あるいは死後の世界でよりよい環境を手に入れるため、信者たちは自らの生命をなげうって自分たちの神に奉仕するようになる。織田玄水が死んだ著名人のイタコみたいなことをする動画を見たことは？」

「無料動画サイトに上がっているのをいくつか。あれを見る限りでは、終末思想への傾倒はうかがえない」

「ああ。だが一連の動画が最後に更新されたのは三年前だ。三年前に更新されたのを最後に、玄水は公の場に出てきていない」

「じゃあ、そのころから？」

「おそらくはな。だが実のところ、玄水をはじめとする幹部連中の動きはまだつかめていない。というのも、おれが神護浄霊会にエスを送り込んだのは、つい四か月前のことなんだ。公安としては連中を重点監視対象とは捉えていない。いや、いなかった……というべきかな。即身仏にされそうだった遺体が神護浄霊会の信者だと判明してから、連中、大慌てで情報をかき集め始めている」

　仲間であるはずの公安を「連中」呼ばわりしていることから、塚本の現在の公安での立場がうかがえる。

「よかったじゃない。あなたのエスから有益な情報がもたらされれば、出世コースに戻るのも夢じゃないんじゃないの」

「残念ながらそれは難しい。さっきもいったように、おれのエスが潜入を開始したのは四か月前のことだ。まだ末端の信者に過ぎず、上層部でなにが起こっているのか把握できていない。即身仏を作るような儀式が行われているのかどうかも、つかめていない」

「駄目じゃん」

絵麻はふっと笑いながら、塚本の狙いを考えた。この男がなんの「土産」もなしに連絡してきたとは到底思えない。

塚本が傍目には心から笑っているように見える作り笑顔を浮かべる。

「そうなんだ。おれとしたことが、もっと早くに玄水が沈黙している事実に着目していれば、いまごろエスは教団の中枢まで辿り着いていたかもしれないっていうのに、まだ下っ端も下っ端だ。おれのエスは情報ソースとしては使い途《みち》がない。だから絵麻に連絡した」

どういうこと？

塚本のいわんとすることが理解できず、絵麻は眉をひそめた。

「生田と佐々木の自殺企図により、桜井達俊殺害の捜査は行き詰まった。加害者被害者ともに神護浄霊会の信者であるものの、監禁現場は教団施設ではなく、教団によれば即身仏を作るような宗教儀式は存在せず、指示も指導も、もちろん実施もしていない。このまま生田の意識が戻らなければ、あるいは戻ったとしても重篤な後遺症が残り、取り調べが不可能な状態が続けば、生田と佐々木の二人が起こしたあくまで個人的な事件として不起訴にせざるをえない。だがおそらく、これは個人的な諍《いさか》いなどではない。生田と佐々木に指示を与えた何者かが存在する。そしてそれは、教団内でもかなり高い地位にある人間だ」

絵麻は無意識に頷いていた。生田が何者かの指示によって動いていたのは、なだめ行動からも明らかだ。あのまま取り調べを続けられていたら、いずれ主犯を明らかにできただろう。だがいまのこの状況ではどうにもならない。生田自身が主犯の存在を供述したわけでもないし、なだめ行動はまったく法的根拠にならない。

「で、私に連絡してどうしようっていうの」

「知らせておきたかった。これから数日後に、捜査本部にとって都合の良い出来事が起こり、絵麻の望んでいた状況になる。それは幸運でも、もちろん捜一の地道な捜査の成果でもない。おれが手をまわしたことだ」

「なにをする気？」

「それは秘密だ」

塚本がたっぷりと企みを湛えた笑みを浮かべる。

絵麻は直感した。なにをするか明かせば、絵麻に止められるようなことを企んでいるのだ。

8

「やっぱりそうだったんですね」

西野は身体じゅうから集めたような盛大なため息をついた。

「なによ。悪い」

楯岡が不服そうに唇を尖らせる。

「別に悪くはないですけど、大丈夫なんですか」

「なにが」

完全な逆ギレモードにたじろぎながらも、西野は指摘した。

「だってあの男は、ただの元彼ってわけじゃないですよね」

塚本は楯岡の元交際相手にして、公安で、サイコパスだ。目的のためには恋人だって平気で利用するし、楯岡ですらあの男に利用された過去を持つ。

「わかってるわよ。だからこそ会ったんじゃない。あの男はけっして感傷に流されない。普通に連絡したって、こっちが電話を取らないのをわかっている。こっちの状況がわかっているからこそ、連絡してきたの。そして連絡してきたということは、私が確実に誘いに応じるだろう確信がある。それだけの材料を持っている」

「だから心配なんじゃないですか。ようするに人の弱みにつけ込んで、意のままに操ろうとしているってことですよね」

「それは私が一番よくわかっているから大丈夫」

「でも……」

「大丈夫だから。心配してくれてありがとう。でも本当に大丈夫」

まったく根拠を挙げない「大丈夫」が楯岡らしくなくて余計に心配になるが、これ以上しつこくするとまた怒りだしてしまいそうだ。西野はストローを口に含み、喉もとまで出かかっていた追及の言葉と一緒にアイスコーヒーを一気飲みした。

二人はカフェのカウンター席に、肩を並べて座っている。

生田の自殺未遂から五日が経過した。事件関係者の周辺への聞き込みを進めてはいるが、やや停滞している感は否めない。なにしろ被害者も加害者もともに杉並の教団施設で生活しており、外部の人間関係がほとんどない。生田も佐々木もアルバイトをしていたが、勤務先の同僚とは仕事以上の関係は持たなかったようで、新事実が浮かび上がることはなかった。「なんか喉渇きません？　ちょっと休憩しませんか」という西野の提案に楯岡がすんなり頷いた背景にも、雲をつかむような捜査への徒労感があったのかもしれない。

楯岡が一人で会いに行った相手については、これまでにもさりげなく探りを入れてきた。

生田の入院先で、楯岡が何者かからの電話を受けたときのことを思い出す。

——誰からだったんですか。

楯岡が液晶画面で発信者名を確認した時点から、なんとなくおかしいと感じていた。通話中も会話する声が低く、小さく、こちらに背を向けて会話を聞かせまいとしているかのようだった。

——別に。プライベート。

そういって答えを濁された瞬間に、やはり怪しいと確信にも似た思いを抱いた。竹を割ったような性格の先輩刑事が、ここまで曖昧な答え方をするのは珍しい。そして以前にも、似たような感覚を味わったことがあった。楯岡が元交際相手である塚本拓海と会っていたときだ。あの男とかかわるとろくなことにならない。嫉妬心が皆無というわけではないが、それ以上に、純粋に楯岡の身を案じる気持ちが強かった。それでも、強引に聞き出そうとすれば余計に楯岡の口を固くしてしまう気がして、西野は辛抱強く待った。いまや塚本などより、自分との絆のほうが強いという自負がある。楯岡は隠し通そうとはしない。気持ちの整理がつけば、必ず自分から話してくれる。そう信じた。その結果、楯岡は話してくれたし、その内容も、西野の予想通りだった。けれど昔の恋人に会ってきたと実際に聞かされると、えもいわれぬ虚脱感に包まれてしまうのはなぜだろう。

「で、どういう用件だったんですか」

少しだけ声に険が交じった。

「あいつ、ちょうど神護浄霊会に自分のエスを送り込んでいるらしいわ」

「マジですか」

不機嫌が吹き飛んだ。

楯岡が自分の髪をいじりながら頷く。

「ただ、エスが潜入してからまだそれほど経っていないらしくて、情報ソースとしては役に立たないっていってた」

「そうなんですか」

声に落胆が混じったが、思い直す。あの男のことだ。ここで話が終わりになるはずがない。

西野が眉を歪めたそのとき、懐でスマートフォンが振動した。琴莉からの電話だ。一瞬躊躇したが、楯岡から出なさいよという感じに顎をしゃくられ、液晶画面をスワイプした。

『もしもし西野。いま大丈夫？』

「ああ。まあ。仕事中だけど、でも大、丈夫……」

我ながら歯切れの悪い返事だ。だが琴莉はかまわずに続けた。

『この前の話、覚えてる？　標準治療を拒否してる脳幹グリオーマの女の子。歌織ちゃん』

「もちろん」

会話を聞かれないかが気になり、もごもごと口の中で呟くような発声になる。

が、『会ってきた』といわれ、「はあっ？」と声が裏返った。

「会ってきたって、坂口、おまえ」

なんで？　どうやって？　疑問が頭の中で渦を巻く。

『うちの病院に宿直のバイトに来てた研修医が、ほら、研修医ってバイトであちこちの病院に行くじゃない？　で、新宿の帝国女子医大に行ったときに、そこの患者さんにいたんだって、お母さんが宗教にハマっちゃって治療に来なくなった脳幹グリオーマの女の子が。苗字は田布施《たぶせ》さん。田布施歌織ちゃんと、お母さんが田布施順子《じゅんこ》さん』

「そうだったのか。ってか、だからって会いに行ったのかよ」

『会うつもりまではなかったんだけど、西野に連絡する前に、本当に西野がいってた母子なのか確認しようと思って。アパートに行ったら、玄関の扉にお札みたいのが貼ってあって、そこにあれ、神護なんとか――』

「神護浄霊会」

『そう、それ。その名前が書いてあったから、間違いないと思ったの』

「それで押しかけたのか」

『人聞きの悪い言い方しないでよ。あの子を助けたいんでしょう？』

「そうだけど」

　まさかいきなり会いに行くなんて。

　困惑しながら、西野は妙に懐かしい気持ちになる。昔からこうだった。琴莉は思い立ってから行動するまでの躊躇がない。おかげで散々振り回されたし、困らせられた。けれどそんな琴莉に憧れてもいた。

「先方も驚いただろう？」

『まあね。帝国女子医大の看護師でもないのに、どうして住所までわかったんですかっていわれたけど、そのへんは適当に誤魔化した』

「勘弁してくれよ。下手したら――」

そこまでいって楯岡の視線が気になり、さらに声を落とす。「捕まるぞ。犯罪だ」

『大丈夫。西野に迷惑はかけないから』

「そういう問題じゃ――」

琴莉が声をかぶせてくる。

『でね、放射線治療を再開してほしいってお願いしたの。宗教を否定するつもりはないから、病院にも通ってほしいって』

話が早すぎる。おれに相談もなしにそんなことまで……。

だが、結果は気になった。

「そしたら？」

『時間とお金がもったいない……って』

西野は全身が脱力するのを感じた。無理だと思いつつも、琴莉の熱意が田布施順子を動かすのではないかと、心のどこかで期待していたのだと気づく。

『でも』と琴莉が続ける。『お礼はいってくれた。ありがとう、歌織のことを思ってくれていることはわかるから……って』

「そっか」喜んでいいものかどうか、複雑な心境だ。感謝されたところで病院に足を向けてくれなければ意味はない。

『だから根気強く話していけば、きっとわかってくれると思う』

発言の内容を脳が理解するまで、少し時間がかかった。

「なんだって？」

『だからぁ、時間をかけて話をすれば、そのうち――』

「また行く気なのか」

『もちろん』

当然のような口ぶりに、二の句が継げなくなる。琴莉の気持ちは痛いほどわかるし、応援したい気持ちもある。自分が同じ立場だったら、やはり琴莉と同じ行動をとったかもしれない。だがこのまま好きにさせていいのだろうか。

西野がいいよどむうちに、琴莉はさっさと話を進める。

『なにか進展があったら連絡するよ。仕事中にごめんね。頑張って』

「あっ。ちょっと待って」

いい終えるころには通話が切れていた。

恨めしげに液晶画面を見つめていると、楯岡から指摘されてぎくりとなる。

「とぼけちゃって」

「あの子って誰のことですか」

「あの子でしょ」

楯岡は頬杖をつき、意地悪そうな横目でこちらを見ていた。

「捜査情報を琴莉ちゃんに漏らしたの」

「すみません。歌織ちゃんの病気について聞こうと思って。まさかあいつが、歌織ちゃんの身元を特定して会いに行くとまでは……」

思っていなかった？　本当にそうだろうか。琴莉の性格をよく知っていれば、彼女が病気の少女を救おうと行動に出ることは想像できたはずだ。本当は自分がやりたいけれど立場上できないことを、彼女に託したのではないか。そうではないとい い切れるか。

そんな西野の内心の葛藤などお見通しのように、楯岡は冷めた目をしていた。

「いいんじゃない。歌織ちゃんは事件の直接の関係者でもないし」

でもまあ、と唇を曲げる。

「さすが昔のツレというか、よく似てるわね、あんたたち」

「そうですかね。正反対だと思いますけど」

周囲の人間を振り回すという意味では、楯岡と琴莉のほうが近い気がするが。

「二人とも他人のプライベートに首を突っ込んで、余計な世話焼いてるじゃない」

「あ」いわれてみればそうかもしれない。同じだ。

「お似合いの二人なんじゃないの」

楯岡のひやかすような口調に、西野は顔を歪めた。

「またその話ですか。ないですってば」

いいながらしまおうとした矢先、スマートフォンがふたたび振動する。

また琴莉かと思ったが、違った。画面には筒井の名前が表示されている。

「筒井さんです」と楯岡に告げ、応答した。

『楯岡と一緒か』

筒井は挨拶もなしに訊いた。

「ええ。もちろん」

いつもながら思うが、なぜ本人に直接連絡しないのだろう。

『いまどこだ』

「いま、えっと……」

西野は送話口を手で覆って周囲を見回し、自分たちのいる店の名前を告げた。

『できるだけ早く戻ってこい』

「どうしたんですか」

最初から筒井の声が妙な高揚を帯びているのには気づいていた。なにかが起こったのだ。そしてそれは、どうやら悪いことではなさそうだ。

『これからガサ入れだ……相模原にある神護浄霊会本部へのな』

「マジですか」

さすがに驚いた。視界の端では真剣な表情になった楯岡が、聞き耳を立てるようにじっと一点を見つめている。

「わかりました。すぐに戻ります。それにしても急な展開ですね」

『ああ。体調不良を訴えて相模原の病院に救急搬送された男がいるんだが、そいつがどうやら神護浄霊会の本部施設に住み込む出家信者で、仲間から漆を飲まされたと訴えているらしい』

西野は言葉を失った。

これって、まさか……。

『こっちのヤマだけなら団体としての指示はなく、信者同士が勝手に起こしたトラブルだと押し通すこともできるだろうが、異なる支部に属する信者たちが同じような事件を起こしているとなれば、もういい逃れはできない。一時はどうなることかと思ったが、これで幹部連中をしょっ引いて直接事情を聞くことができる。エンマ様にもリベンジの機会が与えられるってわけだ。今度こそ失敗は許されないぞ。いやあ、それにしても、これぞ神の思し召しってやつだな。正義は勝つんだ』

高らかに響く笑い声を聞きながら、西野は背筋の凍る思いだった。

これは神の思し召しなんかじゃない。

あの男の——塚本の策略だ。

第三章

1

絵麻が扉を開くと、デスクの向こうで佳山景織子《きょうこ》が顔を上げた。初めての取調室にまったく動揺した様子も見せない豪胆さはさすがだ。くっきりとした二重まぶたを見開き、椅子を引く絵麻の挙動をじっと見つめている。

「こんにちは。今日はご足労いただいてどうも」

「まったくです。これ以上、神聖な修験の場を穢されるわけにはいきませんので、こちらからうかがうことにしました」

「今日のそのジャケットは、どこのブランド？」

景織子はやたらと襟の大きな、光沢のあるワインレッドのジャケットを羽織っていた。出頭する前に美容室に寄ってきたのだろう。毛先を丹念に梳いた髪も綺麗にセットされている。地黒の肌がコンプレックスなのか、ファンデーションを厚塗りしているために顔と首の間に境界線ができており、三十二歳という実年齢よりはやや老けて見えるが、顔立ち自体は美人といっても差し支えない程度に整っている。

背後で西野が椅子を引き、ノートパソコンを起動させる。

「なぜそんなことを知りたいんですか」

「いけない？　今日はずいぶんおめかししてるなと思って」

ひやかしのニュアンスが伝わったらしい。景織子に『怒り』と『侮蔑』の微細表情が表れる。

「勘違いしているみたいだから教えておいてあげる。署の外であなたにカメラを向けていたマスコミの連中は、あなたを女優かアイドルと思ってるんじゃない。危険な修行を課して信者を死なせたカルト教団の教祖の妻、そして信者に倹約させて財産を搾取しながら、自らは贅沢三昧の生活を送る教団幹部として、その生活をおもしろおかしく報道し、糾弾し、社会的に抹殺してやろうと手ぐすねを引いて待ち構えていたの」

「どうとでもいってください。神は見ています」

「あなたは神なんて信じていない。他人を自分の思い通りに動かすために利用しているだけ」

景織子の目が据わり、殺意を帯びる。

間違いなくこの女は自己愛性パーソナリティ障害だなと、絵麻は確信した。

「取り調べを始めましょうか」

デスクの上に捜査資料を開きながら、唇の端から静かに息を吐く。

絵麻の脳裏には、昨日の記憶がよぎっていた。

修行と称して男性信者を監禁し、漆を飲ませた傷害および傷害教唆の疑いがあるとして、神奈川県相模原市の教団本部への家宅捜索が行われた。早朝から相模原市郊外にある教団施設前に集合した四十二人の捜査員の中には、絵麻はもちろんのこと、西野、筒井、綿貫も含まれていた。各人の役割分担の打ち合わせを終え、強制捜査が開始されたのは、午前七時過ぎのことだ。

相模原中央署の捜査員により、前日から本部施設への人の出入りは監視されていた。敷地内に駐車されたリムジンがエンジンを始動させることはなく、おそらく教祖の織田玄水は在宅しているという報告が上がっていた。にもかかわらず、施設内のどこを捜索しても、玄水の姿はなかった。信者たちへの事情聴取によれば、魂のステージが低い一般の信者が玄水に直接会う機会はほとんどなく、教祖の行方はわからないのだという。絵麻も何人かの信者に話を聞いたが、嘘ではなさそうだった。

教団施設では杉並のそれと同じように、出家した信者たちが共同生活を送っていた。一般の信者が六畳間に二段ベッドを二台設置した、学生寮のような部屋で質素な暮らしをしているのにたいし、幹部には個室が与えられており、教祖は別棟の豪邸で生活しているようだった。だが捜査員が踏み込んだ時点で教祖の邸宅にいたのは、妻である佳山景織子のみだった。

　景織子は捜査員が家宅捜索する間、広い和室の中央で座禅を組んで瞑想していた。ところがその景織子が瞑想していた場所の床下こそが、秘密の地下通路への入り口だったのだ。地下通路は深さ五メートル、全長は四〇メートルにも及び、教祖宅から教団施設の敷地の外の裏山へとつながっていた。景織子は警察による任意同行の求めを拒絶し、翌日自ら出頭すると約束したのだった。

「織田玄水はどこにいるの」

　じっと絵麻を睨んでいた景織子が、ふいに口角を吊り上げる。

「知りません」

　嘘だ。ほんの一瞬だけ視線を逸らした。

「そんなわけないでしょう。あなたは瞑想するふりをして地下通路の出入り口を塞ぎ、玄水の逃亡の時間を稼いだ」

「違います。私は瞑想していただけです」

この発言にはなだめ行動もマイクロジェスチャーも見られない。やはりサンプリングが不足している。

「あくまでもそういい張るのね」

「事実ですから」

景織子は顎を突き出し、絵麻への対決姿勢を顕わにした。

「なぜそこまでして玄水をかばうの。あなた、神護浄霊会の教義なんていっさい信じていないわよね」

センスはともかく、景織子の着ているジャケットが高価なブランド品であることはわかる。本気で信仰しているのならば、自らをこれほど華美に飾ろうとはしない。なにより自己愛性パーソナリティ障害者が愛するのは自分だけだ。他人のために心から奉仕することなどありえない。

「教義を信じていなくとも、私は開祖さまを夫として愛しています」

白々しい台詞をしゃあしゃあと。

「あなたが愛しているのは、織田玄水の金と地位じゃないの」

「それが悪いことですか」

「悪くはない。金が地位を作り、地位が人を作る。金と地位は、織田玄水という人物のアイデンティティーに直結している。けれど、あなたのいまの発言を聞いたら、玄水とあなたを慕う信者たちはどう思うかしら」

「信者たちが聞いていない場所だから、こういう発言をしているんです」

「ずいぶんぶっちゃけたわね」

「それがお望みでしょう？」

景織子が挑発的な上目遣いをする。

「その場その場で求められるキャラクターを演じているってことか。名女優ね」

「誰だって少なからず演じているんじゃありません？　本音だけで生きている人間なんていない。人生で得をするかどうかは、ようは演じるのが上手いか下手か」

「そうやって理想の女を演じて取り入ったわけ？　親子ほども年の離れたカルト教団の指導者に」

「彼にはそれほど」とかぶりを振る景織子に、なだめ行動はなかった。

「演じる必要もなく、ありのままの私を受け入れてもらいました」

嘘――ではないようだ。よほど玄水の好みのタイプだったということだろうか。

「そもそもあなたと玄水の出会いはいつなの」

いくら金目当てとはいえ、まったく信仰心を抱いていない女が、どうやってカルト教団の教祖に接近できたのか。

「出会いはずっと昔です。物心ついたときから、私は玄水を知っていました」

「それはつまり……あなたは二世信者ってこと？」

「ええ。そうです。出家まではしていませんが」

なるほど、と納得すると同時に、腑に落ちない部分も残った。

「二世にしては信心が弱いわね」

「二世だけに嫌というほど現実を見せつけられてきました。母は神護浄霊会にすべてを捧げたのに、まったく報われませんでした」

「報われませんでした。過去形ね」

「私が二十五歳のときに、母は亡くなりました。胃がんでした。母は病気になっても病院には行こうとせず、ひたすら神を拝んで死にました。食べたものもすぐに吐いてしまい、みるみる痩せ細っていくのに、最後まで神を信じていました。そんな母を、誰も救ってくれなかった。神も、神護浄霊会も」

景織子が強い『怒り』を表し、瞳を潤ませる。彼女が初めて見せた感情の揺らぎだった。

些細な幸運を信仰と結びつけて『合理化』し、信心を深める人間もいれば、その逆もいる。景織子は母の死を信仰と結びつけ、神護浄霊会を激しく憎悪している。

「脱会は考えなかったの」

母を死に至らしめた宗教を嫌悪するのなら、普通そうなるのではないか。

だが景織子は「いいえ。考えません」といい切った。なだめ行動もない。なぜだ。

「お父さんも信者なの」

「いいえ。私に父親はいません」

「それは戸籍上の話よね。まさか処女懐胎で生まれた、なんていわないでしょう」

にやりと笑いかけると、嘲るような笑みが返ってきた。

「生物学的にはもちろんいますが、矛盾だらけの教義を信じ込んで修験に励む素直な性格の母とは違い、どちらかというと母のような世間知らずの人間を利用し、搾取するような人だったと思います」

激しい『怒り』と『嫌悪』を覗かせながらの供述だった。

「それは、お母さまがそういっていたの」

「いいえ。母はけっして父のことを悪くいったりしませんでした」

「だからこそ腹が立った？　自分と母親を見捨てて、離れていった父親のことが」

「はい」なぜか答えるまでに一瞬の間が空いた。

なにが引っかかった?

表現を変えて訊き直してみる。

「あなたは父親を激しく憎んでいる」

「はい」

「あなたたち母子のことなんか忘れて、いまごろはどこかで新しい家族を築いているかもしれない、身勝手な父親を」

「そうですね」ここで応答潜時が長い。

景織子は神護浄霊会の教義をまったく信じていない。にもかかわらず、母の死後も脱会することはなく団体に留まり、教祖の妻の座にまでのぼり詰めている。夫である織田玄水と景織子は親子ほども年が離れており、しかも景織子には信心がまったくない。なのに景織子は強制捜査の際に玄水を逃がし、自らが警察の捜査の矢面に立った。現在も玄水の行方はつかめていない。

——って、まさか、そういうこと?

頭の中でさまざまなピースが組み合わさり、一つの大きな絵画をかたちづくる。

絵麻は顔の前で手を重ね、あらためて景織子に向き合う。

「魂のステージが低い一般の信者は、教祖に会うことすらほとんどないって聞いたけど」

「ええ。その通りです」

「あなたは、どうやって教祖に近づいたの」

「私は二世信者ですから」

自らの境遇を卑下するような、皮肉っぽい口調だった。

「たしか、二世信者は魂のステージが高いのよね」

「そうです」

「でもだからといって、二世なら誰でも教祖に気軽に会えるわけでもないんでしょう？　二世信者だけでもけっこうな数になるという話だし」

「かもしれません。ですが、私は開祖さまの身の回りのお世話をしていましたから」

「身の回りのお世話って、家政婦さんみたいなこと？」

「そうです」

「そういう役割を手に入れるのも、けっこう大変なんじゃない。二世信者の中にもやりたいっていう人がいっぱいいて、競争が激しいんじゃないの。お世話係っていうのは、そもそも教祖のお気に入りなのよね」

「もちろんです。あなただって自分の部屋は、お気に入りのインテリアや雑貨で飾りたいでしょう?」

景織子が含みのある笑みを浮かべる。

「そうね。私は俗世に生きる強欲な女だから」

絵麻も意味深な笑みで応じ、訊いた。

「具体的にどんなことをしたの」

じっと絵麻を見つめていた景織子が、やがて口を開く。

「簡単です。噂です」

それだけで絵麻は、景織子のいわんとすることがわかった。

おそらく景織子は、陥れたい相手の悪評を流したのだろう。それが回り回って玄水の耳に届くようにした。心理学でいうウィンザー効果だ。良きにつけ悪しきにつけ、評判というのは直接よりも第三者を介したほうが影響力が大きくなる。

「なるほど。嘘は得意だものね」

絵麻の言葉に、景織子は鼻を鳴らした。

「なにが本当でなにが嘘かなんて、立場や見方次第です」

「新興宗教がある人にとっては救いであり、ある人にとっては卑劣な詐欺であるように?」

「鰯《いわし》の頭もなんとやら、です」

景織子に悪びれる様子はない。

「とにかくあなたは、いろいろと策略を巡らせてまんまと玄水の世話係に収まり、その後、妻の座を手に入れた」

「はい」

「信仰もないのに玄水に近づいたのは、玄水の金と権力が目当てだった」

「そうです」

「本当にそれだけ？」

景織子が不審げに眉根を寄せる。

「本当に、金と権力を手にすることだけが目的だったの」

視線を鋭くしながら確認した。

「当たり前でしょう」

「本当に？」

「まさか私が、親子ほども年の離れた男に真実の愛を見出したとでも？」

笑い飛ばそうとする景織子を、真っ直ぐに見据える。

「本当に、金と権力だけが目当てだったの」

一語一語を区切るように、強調しながら訊ねた。

「なにがいいたいんですか」

景織子の声が尖る。

三つ目のF——ファイト。

「『はい』か『いいえ』で答えて。あなたが玄水に近づいたのは、本当に玄水の金と権力だけが目当てだったの」

「……はい」

頷く直前の顔を横に振るマイクロジェスチャー。思った通りだ。

「西野」絵麻は背後に手をのばした。西野が住宅地図を取り出し、絵麻の手に載せる。今回はいつもの東京都ではなく、神奈川県相模原市の住宅地図だった。

絵麻は教団本部施設周辺のページを開き、教団本部施設の上に人差し指を置いた。

「玄水はどこ」

「知りません」

今度は顔を横に振る直前の、頷きのマイクロジェスチャー。

「この教団本部施設から、北かしら」

絵麻が紙の上で前方に動かす人差し指を見つめる景織子に、なだめ行動はない。

人差し指を元の位置に戻した。

「南かしら」

今度は手前に動かした。やはりなだめ行動はない。

指の位置を元に戻し、「東？」と右に動かす。なだめ行動なし。

「それとも西？」

今度は指を左に動かす。やはりマイクロジェスチャーもなだめ行動もなかった。

絵麻は人差し指を教団本部施設の上に戻した。

「思った通りみたいね」

景織子が絵麻の真意を確認するように、ちらりと視線を上げる。それから喉仏を上下させ、唾を飲み込んだ。

絵麻はゆっくりと人差し指を紙から浮かせ、元の位置に戻した。

とん、とん、とん。

教団本部施設の場所を人差し指で叩きながら、唇の片端を吊り上げる。

「ここでしょ。玄水はここにいる」

「えっ……」と反応したのは、背後でキーボードを叩いていた西野だ。

景織子といえば、言葉が出ない様子だった。ただ、見開いたまぶたの中で瞳孔が収縮し、酸素を求めて小鼻が膨らんでいる。多大な衝撃と危機感を抱いていることを表すしぐさだ。

絵麻が本部施設から東西南北に指を動かしたときには、なだめ行動もマイクロジェスチャーもなかった。

だが指先を本部施設の位置に戻すときに、視線を逸らしたり、瞬きが長くなったり、顔をしかめたりといったなだめ行動が頻発していた。

2

「玄水は教団施設から逃げてなんかいない。あなたが秘密の地下通路の出入り口を隠すような真似をしていたから、そういうふうに誤解してしまったけど、あなたが意図的にそう誤解させたのよね。実際には、まだあの施設内にいる」

「でも、くまなく捜索したはず――」

西野の声は、手を軽く上げて遮った。

景織子もはっと我に返った様子で口を開く。

「そうです。くまなく捜索なさいましたよね。あれだけ私たちの神聖な修験の場を踏み荒らし、穢しておきながら、まだ納得できないと——」

今度は手を横に振り、景織子を遮る。

「やめてよ。とっくに本性を顕わにしてるっていうのに、急に宗教家ぶっても遅いんだってば」

景織子の瞳がふたたび凶暴な光を放ち始める。

「たしかに強制捜査では教団施設内をくまなく捜索した。だけど全部じゃない。警察が捜索できていない場所がある」

そうよね、と低い声で訊ねると、かすかに頷くマイクロジェスチャーがあった。

「ここ数年で施設が増築された部分の、地面の下。おそらく玄水は——玄水の遺体は、そこに埋められている。ためしに掘り返して確認してみましょうか、玄水が即身仏になれたかどうかを」

視線を逸らすマイクロジェスチャー。だが景織子にはもちろんその自覚がない。

温度の低い眼差しで、絵麻を睨《ね》めつけている。

「げ、玄水は死んでるんですか？　しかも即身仏に？」

パイプ椅子から腰を浮かせ、中腰になっている西野のほうに、絵麻は軽く顔をひねった。

「うるっさいわね」

「だって驚くじゃないですか。そもそも、玄水の妻になって金と権力を手にしたのなら、なんで玄水を殺す必要があったんですか」

「それは――」絵麻は景織子を見た。

「玄水には、あなたと結婚する意思なんてなかったからよね」

景織子の眉間にかすかな皺が寄り、奥歯を噛み締めたせいでこめかみが動く。

織田玄水および神護浄霊会は、戸籍や財産を乗っ取られる『背乗り』の被害に遭っていた。教団が終末思想を前面に打ち出し始めたころには、すでに玄水はこの世のものではなかったのだろう。玄水を殺害して教団を私物化した景織子は、信者への支配力を強めるために『恐怖』の感情を利用したのだ。

「だんまりを決め込むつもりなら、こっちで勝手に推理を披露させてもらうわね。まんまと玄水の世話係に就いたあなたは、玄水を殺害。前後して婚姻届を提出し、教祖の妻の座を手に入れた。玄水に近い幹部信者たちからは、本当に玄水に婚姻の意思があったのかを勘繰る声も上がったでしょうけど、すでにあなたと、あなたの息のかかった数人の仲間以外は玄水から遠ざけられており、あなたの口を通じて教祖の声として発せられた通達が、本当に教祖の意思によるものかをたしかめるすべはない。ある者は黙って従い、ある者は教団を去り、またある者は排除された。その排除された中にいたのが、先日多摩川河川敷で倒れているのを発見された桜井達俊さん」

そうでしょう？　と確認するような上目遣いを向けてみる。

景織子はやはり口を開かない。だが左のまぶたの下の筋肉が小刻みに痙攣し、絵麻の推理の正しさを裏づけていた。

「熱心な信者でありながら貧しさから抜け出せず、最後は神に祈りながら不遇のまま亡くなった自分の母親を見ていたあなたは、信仰を否定し、あなたたちの宗教では罪深いとされる『強欲』の権化となった。けれど脱会して外の世界での成功を目指すのではなく、あくまで神護浄霊会の内部で出世する道を選んだ。なぜそんな道を選んだのか。私の考える理由は三つある。まず一つ。新興宗教にのめり込むような人種はそもそもお人好しで騙されやすいから、あなたのように悪意を持った人間にとって出し抜きやすい。羊の群れに狼が紛れ込むようなもの」

絵麻は左手で右手の人差し指を折ってみせた。

「そして次。二つ目。二世信者であるものの、幼いころから信仰にたいしてはひややかなスタンスだったあなたが、団体内での出世を目指し始めてからほどなく、簡単に玄水の世話係に就いている」

「簡単になったわけではありません」

「わかってる。汚い手でほかの候補者を蹴落としたりもしただろうし、あなたなりに努力はしたんだと思う。けれどそれまで熱心に活動に取り組んでこなかったにしては、いくらなんでも出世が早すぎやしない？　二世信者は魂のステージが高いって聞いたけど、それは幼いころから施設に出入りして宗教活動にかかわっているからで、あなたの場合はそういう人たちに比べたら相当遅れをとっているはず。なのにあなたはほかの二世信者のこともごぼう抜きにして、教祖の世話係になれた。なんで？」

「ほかの信者が馬鹿だからじゃないですか」

「違う」

「あなたになにがわかるんですか」

「わかるの」

不敵な笑みで見つめると、景織子が息を呑んだ様子で黙り込んだ。

「私がいったほうがいい？　それとも、自分で話す？」

景織子はかすかに唇を動かしたものの、声を発することはできないようだ。

「私が話すわね」

絵麻はデスクの上に肘をつき、両手の指同士を重ねる『尖塔のポーズ』をとった。

「あなたには教祖の信頼を勝ち取る上で、強烈なアドバンテージがあったのよ。ほかの信者たちがいくら身を削ったところで、大枚を叩《はた》いたところで越えることのできない、確固たるアドバンテージ。だからあなたは、会いたいときに玄水に会うことができたし、あなたがそうしたいと願い出た結果、玄水はあなたを自分のそばに置くことにした」

絵麻が息を吸い、続く言葉を聞きたくないという感じに景織子が目を閉じる。

「血を分けた娘である、あなたを。これが二つ目の理由」

がたん、と背後で西野が椅子を引く音がした。

「娘？　玄水は自分の娘と結婚したっていうんですか」

絵麻はあきれながら顔をひねる。

「あんた、ちゃんと話聞いてた？　玄水には彼女と結婚する意思なんてなかった。彼女が自分の娘だから、世話係として近くに置いただけ。狙い通り世話係に収まった彼女は、玄水をそれまでの人間関係から引き離し、無断で婚姻届を提出した。問題なく婚姻届が受理されたということは、玄水は彼女のことをきちんと娘として認知していなかったんでしょうね。母親は胃がんになっても満足に治療すら受けずに亡くなったということだから、手をつけた女性にたいし、玄水がどういう扱いをしていたかは想像がつく。あなたは、玄水に復讐しようとしていた。即身仏という方法をとったのは、宗教儀式としてもっともらしい体裁を整えることで信者たちを操りやすくするという側面もあったけど、胃がんで亡くなったお母さまの苦しみを味わわせてやりたいという気持ちがあったからでしょう。満足に食べられずに痩せ細り、嘔吐を繰り返して苦しみながら死んだ自分の母親と同じ苦しみを、あなたは父親にも与えてやりたかった。これが三つ目。あなたにとって素直な人間ばかりの集まる宗教団体でのし上がるのは簡単だったし、その過程で教祖が実の父親という強力なアドバンテージを有していたし、そのアドバンテージを利用して父親に近づき、復讐したかった。そのために教団に留まった」

「まったく違います。的外れです」

もはや景織子の嘘の主張に耳をかたむけるつもりはない。

「何人殺したの」

絵麻はデスクに身を乗り出した。

「事実上、教団のトップに立ったあなたは、その地位を確固たるものにするために粛正を開始した。実際はすでに死んでいる教祖をまだ生きていることにして、あなたに都合がいい内容を教祖の言葉を代弁するかたちで通達するうちに、それが本当に教祖の意思なのかと疑いを持つものが現れてくる。当然よね。それまでは比較的穏当な教義を掲げていたのが、急に終末思想を持ちだして恐怖を煽ってくるんだから。火種は炎になる前に踏みにじっておかなければならない。けれど消しても消してもあちこちで煙が上がる。信者は皆、あなたの母親のように他人を疑うことを知らない素直な人間ばかりだと高を括っていたあなたにとって、その状況は予想外だったし、あなたを不安にもさせたでしょうね。疑心暗鬼になったあなたは、実際に疑いを向けてきた人間だけでなく、これから自分に疑いを向けてくるかもしれない相手のことも排除しようとし始める。あなたがもっとも恐れていたのは、不満分子が大義を掲げて織田玄水への面会を要求すること。その大義とはなんなのか、説明するまでもないわよね。あなた自身が、それを利用して玄水に近づいたんだから」

景織子が眉間に皺を寄せるマイクロジェスチャーを見せる。

「人間は自分という物差しで他人を測る。だから嘘つきは他人が嘘をついているのではと疑り深くなるし、浮気願望の強い人間はすぐにパートナーの浮気を疑う。あなたの場合は、自分が玄水の血を引いているという事実を利用して、いまの立場を手に入れた。だから同じ境遇の人間の存在が、その境遇を利用してあなたを追い落とそうとするかもしれないと考えたし、それが怖くてしょうがなかった。桜井達俊さんのような、腹違いのきょうだいの存在が」

「違います」

「違わない」

「違います」

「否定するときの声が普段に比べてかすかにうわずっている。違います、と発声する直前に不自然に長い応答潜時がある。視線を逸らしたり目を閉じたりするマイクロジェスチャーも顕著。私にたいして上体を斜めにして正対を避けているのも、追及から逃れて一刻も早くこの場を立ち去りたい心理の表れ」

不自然なしぐさを指摘するたびに、景織子の顔から血の気が引いていく。

「不安でしょう。欲しかった金と地位を手に入れても、毎日が不安で不安でしょうがないでしょう。お金がないから満たされないと信じていたのに、お金を手にしても心が空っぽのままだなんて、考えもしなかったでしょう。あなたに足りないのはお金や地位なんかじゃない。愛情よ。あなたは父親を激しく憎悪していた。でもそれは同時に、父性を求めていたことの裏返しでもある。本当のあなたは、父の愛に飢えていた。だからこそ、愛情を注いでくれなかった父親を憎んだ。父親に手をかけた時点で、あなたが満たされる可能性は未来永劫なくなったの」

「私には、父はいません」

声が震えていた。

絵麻は顔の前で手を重ねる。

「なら調べてみましょうか。DNA鑑定をすれば、あなたと織田玄水に血縁があったかどうか、一発でわかる。ちょっと髪の毛を一本ちょうだい」

そういって絵麻がのばした手を、「やめて！」と景織子は払いのけた。

「私には父なんかいません！　きょうだいもいない！　私の家族は、母だけです！」

「そうね。大好きだったお母さんを亡くしたあなたにとって、信頼できる存在はもういない。自分以外はすべて敵」

「誰だってそうでしょう」

「だから利用するし、利用価値がなくなったら排除するのね。そもそもあなたのお母さんが、玄水のいっときの性欲の捌《は》け口として利用された結果、排除され、ひっそりと死んでいった。あなたが誰かを利用し、排除したところで、文句をいわれる筋合いはない」

勢い込んでなにかをいいかけた景織子が、我に返ったように唇を引き結ぶ。

「たしかに私はまったく信仰を持っていないし、むしろ母を死に追いやった宗教というものを嫌悪しています。ですが誰のことも殺してはいません」

溢れ出そうとする感情を懸命に抑えようとするかのように。声が波打っていた。だがこの期に及んでも肝心な部分を認めないのはさすがの根性だ。いまの段階ではなだめ行動やマイクロジェスチャーを根拠に嘘を暴いたところで、自供がなければ逮捕できない。

「往生際が悪いわね。このまま逃げ切れると思ってるの。桜井さんの件もそうだけど、相模原の本部で漆を飲まされて現在入院中の和田親史《わだちかし》さんの件もある。それぞれがあくまで信者同士の個人的なトラブルだといい張るつもり？」

和田親史というのが、塚本が潜入させたエスらしい。もちろん和田が監禁された事実はなく、自作自演だろう。命に別状はないというが、自分で漆を飲むなど正気の沙汰ではない。塚本はどうやって和田を操っているのだろうかと、そちらのほうにも興味が湧いてしまう。

「和田……？」

景織子の質問に、絵麻はにんまりとした。

「気になるわよね。桜井さんについてはあなた自身が生田と佐々木に指示を出して排除しようとしたけれど、和田さんについてはそうじゃないものね」

「そうではなくて、私もすべての信者さんの顔と名前が一致するわけではありませんので、どんな方だったかなと思いまして」

なだめ行動を頻発させながらの発言を、絵麻は微笑を浮かべたまま聞いた。

「出家信者。相模原の本部に住み込んで活動していたそうよ」

「そうでしたか」

「ええ。たぶん四か月ほど前に入信したはず。あと、彼は公安の送り込んだスパイ」

景織子に隠しようもない『驚き』が現れた。

「ちょっ……なにを！」

驚いた西野が、背後でガタガタと物音を立てる。

「あなたが送り込んだ弁護士の指示により、生田と佐々木は自殺を図った。佐々木は死に、生田は一命を取り留めたもののまだ意識が戻っていない。そして今後意識が戻ったとしても重い後遺症が残るだろうから、取り調べの再開は期待できない。生田と佐々木へのあなたの指示はなかったことになり、信者同士の個人的なトラブルとして不起訴で幕引きになる。だから公安のスパイとして教団に潜入していた和田に自ら漆を飲ませ、それをほかの信者から強要されたことにして、被害届を提出させた……させたのは私じゃないし、もし知ってたら止めたと思うけど、とにかく被害届は受理された。おかげで教団本部への強制捜査の令状が取れ、あなたをここに引っ張り出すことができた」

「……違法な捜査ですよね」

表情だけでなく声にまで『怒り』を滲ませながら、景織子が指摘する。

絵麻はにやりと微笑んだ。

「もしも公判でそのことが証明されれば、違法な捜査に基づいて収集された証拠はすべて無効とされ、ほぼ一〇〇％あなたは無罪。検察は負ける。でも証明できるかしら？　和田が公安のエスだってことを。桜井さんのケースと和田のケースに明確な線引きができるのは、生田と佐々木に指示を与えた本人しかいないんじゃないの。私が殺せと指示を出していないから、和田は自作自演だとでもいうわけ？」

顔じゅうの筋肉を痙攣させた景織子は、爆発寸前といった様子だ。その反応は、絵麻に自分の推理は間違っていないという自信を深めさせた。

「西野。この部分は削除しといてね。オフレコってことで」

「わかってますよ。こんな発言、記録できるわけない」

　ぶつぶつと文句をいいながら、西野がキーボードを操作する。

「いま話したように和田については自作自演だから、警察としてもあなたの指示があったと証明することはできない。桜井さんの件についても、実行犯への聴取ができない状態になったため、あなたが自供でもしない限り立件は不可能。あなただってそれがわかってるから、自分からここに出向いてきたわけだし、なにがなんでも自供なんてしないわよね。でも、好色だった織田玄水の子供があなたと、桜井達俊だけだったはずがない。必ずほかにもいる。ということは、あなたはほかにも殺している。あるいは、殺そうと企んでいる」

　西野、例のもの、と背後に手招きをする。

　西野が足もとに置いていた紙袋から分厚いバインダーファイルを取り出し、デスクの上に置いた。強制捜査で押収した信者名簿のコピーだ。全国十七の支部ごとにまとめられている。公称している三千人まではいかないものの、西野ですら持ち上げる際に「よっ」とかけ声を出すほどの重量だ。

　表紙を開くと、氏名と住所がずらりと並んだ表が現れた。列挙された住所の三割ほどが同じなのは、教団施設で共同生活を送る出家信者だろう。

一ページ目は青森支部の信者リストだった。ここが神護浄霊会の日本で最北の支部らしい。ページをめくるごとに南のほうに進むようだ。

「これからここに掲載されている名前を順に読み上げていくわね」

「勝手にどうぞ。そんなくだらないことに付き合うつもりはありませんし、答えるつもりもありません」

景織子は会話を拒絶するように自分を抱き、目を閉じた。

「答えてもらわなくてけっこうよ。あなたじゃなくて、あなたの大脳辺縁系に訊くから」

景織子が目を開き、なにをいっているんだという感じに眉間に皺を寄せる。

絵麻はにっ、と口角を上げ、一人目の名前を読み上げた。

3

坂の多い道のりに加え、池袋の百貨店で購入してきたケーキの重みがじわじわと効いていたようだ。日差しはさほど強くないのに、汗ばむ背中にブラウスの生地がべったりと貼りついている。

脇汗大丈夫かな。ふいに不安に襲われ、坂口琴莉は足を止めた。こぢんまりとした内科医院の前に軽自動車が駐車してあったので、助手席のガラスに自分の姿を映して確認した。おそらく大丈夫だと思うが、太陽を背にしているせいで自分の姿がよく見えない。しゃがみ込んでガラスに近づこうとしたとき、医院から母子連れが出てきた。母親のほうは、たぶん琴莉と同じくらいの年齢だ。

早足で車から離れながら思う。もしもお母さんが宗教なんて信じていなければ、歌織ちゃんも病院での治療を続けられただろうに。

コンビニに立ち寄って汗を乾かしていこうかと思ったが、ケーキの状態が気になった。購入するときに持ち歩きの時間を一時間と答えたが、たまたま通りかかったアクセサリーショップの店先で安くてかわいいヘアクリップを見つけ、時間をロスしてしまった。保冷剤は大丈夫か。もうすぐ一時間経つのではないか。

琴莉は洋菓子店のロゴの入った袋を左手から右手に持ち替え、田布施家への道のりを急いだ。

西武池袋線の駅を出て十五分ほど歩いた住宅街に、そのアパートはあった。琴莉が奨学金で看護学校に通っていたころに住んだアパートも友人たちから「幽霊が出そう」とからかわれるほど年季の入った物件だったが、たぶんそれよりももっと古い。一方的に他人を憐れむなんて失礼なことだと思うが、田布施家の隣室の玄関脇に置かれた、古くて汚れた空っぽの鳥かごを見ると胸が痛くなる。前にここを訪ねたとき、その部屋に白いランニングシャツ姿の痩せた老人男性が入っていくところを見た。老人はコンビニ弁当の袋を提げていた。万が一のことがあったら、あの老人男性を気にかけてくれる人はいるのだろうか。

田布施家の玄関扉の前に立ち、ドアスコープの下に設置されたチャイムを押す。押すときん、と鳴り、離すとこん、と鳴る。部屋の奥のほうから気配が近づいてくるのを待つ間、扉の左上のほうに貼られた神護浄霊会のステッカーをずっと睨みつけていた。なにを信じるのも勝手だが、そこに子供を巻き込むのはやめてほしい。ましてや歌織ちゃんには時間がないのだ。

とととと、という足音が聞こえ、扉越しに幼い声がした。

「はあい。どちらさまですか」

「歌織ちゃん？　私。琴莉」

奥にいる母に報告したのだろう。「お姉ちゃんだよ！」と弾むような声が聞こえ、扉が開いた。

「こんにちは。歌織ちゃん」

「こんにちは！　なにそれ！」

洋菓子店の袋をめざとく見つけたらしい。歌織が目を輝かせる。

「ケーキ。一緒に食べよう」

「やった！　ありがとう」

琴莉から受け取った袋を両手で大事そうに抱えた歌織が、奥のほうに呼びかける。

「お母さん。お姉ちゃんからケーキもらったよ」

「よかったわね。神棚におそなえしてからね」

「はあい」

琴莉が台所を通って奥の居間に消えるのと入れ替わりに、母親の田布施順子が現れた。にこにことやさしそうな雰囲気だが、相変わらず顔色は悪く、目の下にはくっきりと隈が浮いている。娘のために寝る間も惜しんで宗教活動に励んでいるのだろうが、エネルギーの使い途を決定的に誤っているように思えてならない。

「こんにちは。すみません。たびたびお邪魔しちゃって」

「いえ。こちらこそ気を遣わせてしまってごめんなさい」

「同僚から美味しいケーキ屋さんを教えてもらって、私も食べてみたいなと思っていたんです。ここに来る途中で池袋西武に入っているのを見つけて、思わず買ってきちゃいました」

靴を脱いで部屋に上がる。

歌織が部屋の奥に設置された神棚の前にケーキの袋を置き、拝んでいた。神とか教会とか牧師とかいうくせに、神棚があったり合掌して拝んだり、まったく出鱈目《でたらめ》な宗教だと、つくづく思う。

「お茶でいいですか」

「おかまいなく」

とはいったものの、ほんのわずかな時間でも順子がいなくなってくれて安堵した。貴重な歌織への問診の時間が確保できる。

「歌織ちゃん。体調はどう?」

「うん。いいよ」

「頭が痛かったりとか、吐き気がしたりとか、ふらふらしたりとかもない?」

「うん。ねえ、ケーキはいくつ入ってるの?」

「六つだよ」

「一人二つも食べられるの?」

目を丸くする歌織に、「ちょっとこっちにおいで」と手招きをした。

琴莉に正対してちょこんと正座する歌織の手首を握り、視線は自分の腕時計に向けて、脈拍を測る。

「歌織はどれを食べようかなあ。ねえ、お姉ちゃん。どんなケーキが入ってるの」

「ええとね、モンブランとか」

「ほかには？」

「チョコレートがかかったやつもあったかな」

「チョコレートケーキ？」

「なんかもっとお洒落な名前がついてたから、よく覚えてないな」

「そうなの？　ザッハトルテとか？」

「ううん。もっとややこしい名前だった」

「ややこしい名前かあ。どれとどれを食べよう」

「お姉ちゃんダイエットしてるから、歌織ちゃんが三つ食べてもいいよ」

「本当に？　でも三つは多いよお」

よし。脈拍異常なし。

ふと視線を上げた瞬間、息を呑んだ。歌織の左の黒目があさってのほうを向き、細かく振動していたからだ。

「歌織ちゃん。大丈夫？」

「なにが？」

「目がかすんでいるとか、ものが見えにくいとかはない？」

「ぜんぜん」

「これは何本？」

歌織の目の前でピースサインをしてみた。

なぜそんなことを？　という感じに首をかしげた歌織が答える。「二本」自覚症状はないらしい。脳幹グリオーマのときに出る眼球振盪《しんとう》には自覚症状がない場合が多く、周囲の人間に指摘されるケースが多いと、この前読んだ本にも書いてあった。

この子に残された時間はそう長くない。お願いですから病院を受診してくださいと、順子に頼み込んでみようか。でもそんなことをすれば、鬱陶しがられるかもしれない。せっかく自宅を訪問すること自体は受け入れてもらっているのに、拒絶されては元も子もない。だが、いつまでこの状態を続けるつもりだ？　何度も足しげく通って信頼関係を築き上げたところで、はたして赤の他人の看護師の意見に耳をかたむけてくれるようになるのだろうか。

そんなことを考えながら歌織と談笑していると、ふいに台所と居間を仕切る障子戸が開いた。

順子がお茶を持って戻ってきたのだと思い、「ありがとうございます」のかたちに口が開きかける。

が、言葉にはならなかった。代わりに漏れたのは「えっ。誰……？」という問いかけだ。

居間に入ってきたのは順子ではなく、何人かの見知らぬ男だった。

4

廊下で綿貫と話していた西野が取調室に戻ってきた。

胸の前で小さなガッツポーズを見せながら頷き、絵麻に小声で耳打ちする。

「わかった」

西野が指定席に戻る。

絵麻はひねっていた上体を元に戻し、景織子に正対した。

景織子は『恐怖』を滲ませながらも、懸命に平静を装っている。

「千葉の船橋《ふなばし》市の廃屋から、監禁されていた女性が救出されたわ。女性は衰弱しているものの意識ははっきりしており、唐川亜由美《からかわあゆみ》と名乗った。いうまでもなく、この千葉県市川支部の信者リストに掲載されている唐川さんね」

絵麻はデスクに開いた信者リストをとんとん、と人差し指で叩いた。

「唐川さんによれば、半年ほど前に同じ市川支部の信者である橋本祐輔《はしもとゆうすけ》と小山孝子《こやまたかこ》から誘い出され、手足の自由を奪われた状態で廃屋に閉じ込められたそうよ。そして唐川さんは、自分が織田玄水の娘であることを認めている。あなたと同じように認知はしてもらっていないそうだけど」

景織子の『恐怖』と『驚き』に『嫌悪』が混じる。

「とっくに身柄を拘束している橋本と小山については、今後も南船橋署のほうで厳しく追及される。唐川さんの監禁場所をゲロっちゃった二人に、どこまであなたの指示を隠し通せるかしらね。橋本のほうは、穢れた魂を浄めるのは神の意志によるものだ、自分は間違ったことをしていない、って主張しているらしいから、まあ時間の問題って感じがするけど。ちなみに、あっちのほうにも弁護士はいるの？　もしいるなら、被疑者に首を括らせないように注意喚起しておかないといけないから」

不審なしぐさはない。

弁護士はいないのね、じゃあ大丈夫か、と肩をすくめると、景織子の顔面が屈辱で真っ赤に染まった。

絵麻が信者リストの読み上げを開始してから、四時間が経過していた。リストにある名前を読み上げ、景織子に不審なしぐさが表れないかを観察していく。不審なしぐさが表れた信者については、何度か読み上げを繰り返し、それが玄水の子かどうかを確認する。玄水の子だと確信した時点で管轄の警察署に連絡し、所在確認を実施する。

人数が多く、絵麻の集中力も途切れそうになるため、まだリストの三分の一ほどしか消化できていないが、それでも景織子が、少なくとも三人の信者を即身仏にせよと指示を出していることが判明した。拉致監禁の実行犯に選ばれた信者を特定できた段階で、管轄の警察署に連絡し、実行犯と思われる信者への事情聴取を実施させている。

先に判明した二人の玄水の子はいまだ所在不明のようだが、最後に判明した唐川亜由美については、幸運にも被害者が生存しており、身柄が確保できた。こうなると話は早い。実行犯の身柄も押さえているので、ほどなく景織子の指示の介在が明らかにされるだろう。

「まだ黙ってるの。いい加減に降参したらどう。あなたの負け。とっくに勝敗はついてるんだから、お互いに余計な手間を省きましょうよ」

絵麻は大きく伸びをしながらいった。さすがにこれだけ長い時間、一人の人間の観察を続ける機会は多くない。両肩に鉛が載っているようだった。

だが景織子は口を開かない。

「まだ続ける？　唐川さんを拉致監禁した橋本と小山が、最後まであなたの命令はなかったといい張ってくれる可能性に賭けてるの？　たしかに実行犯が証言しなければ、あなたの関与を証明することはできない。でも遅かれ早かれしゃべっちゃうと思うわよ。私ほどのキレ者はそういないけれど、日本の警察ってとても優秀だから。普段ヤクザだの殺人鬼だのを相手にしている連中にとっては、世間知らずな新興宗教の信者なんてちょろいものよ。信仰心の強さとか、洗脳の深さの話じゃない。供述の矛盾点を突かれて嘘に嘘を重ねるうちに、どんどん追い詰められてしゃべっちゃいけないことをしゃべっちゃうの。話術のレベルの問題ね」

まだ自供する気はないようだ。絵麻はげんなりとした。

「わかった。じゃあ、続きやるわね」

リストの読み上げを再開する。ゆっくり名前を読み上げながら、景織子のなだめ行動や微細表情、マイクロジェスチャーを確認した。さすがに数百人ぶんも読み上げていると、景織子の癖を完全に把握できるようになり、最初のころから比べると見極めの速度は格段に上がった。とはいえまだ先は長い。

疲労のあまりときおり気が遠くなりそうになる自分を叱咤しながら、四十分ほど作業を続けたころだった。

廊下を近づいてくる二つの足音に気づき、絵麻はふと視線を上げた。ただの足音ではない。妙に弾んだような、高揚を孕《はら》んだような足音で、なにかが起こったのだと直感した。

はたして扉が開き、筒井と綿貫が入室してきた。

筒井は手にしていた書類を、景織子の目の前に真っ直ぐ突きつけた。

「佳山景織子。唐川亜由美さんへの傷害教唆で逮捕する」

景織子が逮捕状の文言を目に焼き付けるように大きく目を見開く。

「橋本と小山が自供したんですか」絵麻は訊いた。

筒井が重々しく頷く。

「ああ。たしかに監禁したが、唐川さんを傷つける意図はなかった。穢れた魂を浄めるためにも必要な儀式だと佳山景織子にも説明されたから、犯罪にはあたらないと主張しているらしい。あと、橋本と小山が住み込んでいた市川教会の牧師によると、唐川さんが監禁される一か月ほど前に、この女がひょっこり施設を訪ねてきたことがあったそうだ」

「この教会でもっとも熱心な信者を直接讃えたいというので、牧師は橋本と小山の名を挙げたそうです。そして二人を密室に呼び出し、教祖の名のもとに、唐川さんの穢れた魂を浄めるために即身仏にせよ、という命令を与えた……だよな」

綿貫が景織子に顎をしゃくった。

景織子は眼を血走らせ、全身をわななかせている。

「地獄に落ちるぞ……」

「あ？」筒井が顔をしかめる。

「こんなことをして、ただで済むと思うなよ！　地獄に落ちる！　おまえたち全員、地獄行きだ！」

「おまえたち」のところで、景織子はその場にいた全員を順に指差した。

筒井と綿貫が互いの顔を見合わせる。

「なにいってんだ。どう考えても地獄に落ちるのはあんただろう」

そういう筒井に、景織子は人差し指を向ける。

「いますぐ赦しを乞え！　そうしないと地獄行きだ！　無間地獄で永遠に苦しむことになるぞ！」

「だから赦しを乞うのはあんたのほうだろうが。何人も死なせといて、どの口がそんなことをいうんだ」

綿貫はあきれ顔だ。

「うるさい！　うるさいうるさいうるさい！」

景織子が金切り声を上げ、両手を振り回しながら暴れ出した。

「はいはい。落ち着け」

すぐさま綿貫に羽交い締めにされる。

「しょうがねえな、ったく」筒井が苦笑する。

「しかし、怪しげな宗教を信じる気には到底ならないが、人から面と向かって地獄に落ちるっていわれるのは、さすがに気分のいいもんじゃないな」

絵麻も苦笑で応じ、手もとの信者リストに目を落とした。このぶんでは、景織子が落ち着きを取り戻すまでしばらく取り調べは中断だ。一つ大きな山を越えたものの、これからが大変になる。長い戦いの始まりだ。

そんなことを考えながらなにげなくページをめくっていた、そのときだった。

絵麻の視線は、信者リストに掲載された名前の一つに釘付けになった。

これほど多くの名前の中からこの一名を発見できたのは、心理学用語でいうカラーバス効果のおかげだろう。自分が意識しているほど、それにかんする情報が自分のところに舞い込んでくるという心理効果だ。特定の物事に注目することにより、脳の認知する感度が高まることによって起こる。たとえば雑多な人混みを撮影した写真からでも、知人の顔は見つけやすい。自分の顔はもっと見つけやすい。人間の脳は見たいものを見るようにできている。

そう。そこに掲載された名前を、絵麻は知っていた。

絵麻はバインダーファイルの向きを変え、景織子に見えるようにデスクの上を滑らせた。綿貫の拘束から逃れようともがいていた景織子が、我に返ったように動きを止める。

絵麻はリストを指差しながら訊いた。

「この名前……この子は信者なの？」

ちらりとリストに目を落とした景織子が、暗い笑みを浮かべる。

そしていった。

「あら、私の妹をご存じなの？」

5

覆面パトカーは練馬区の住宅街にある、古びた木造アパートの前で停車した。

「GPSの電波は、このアパート付近から発信されているわね」

絵麻の言葉を最後まで聞かずに、西野が運転席の扉を開き、車を降りた。そのままアパートまで駆けていく。

が、そこまで行ってようやく思い至ったらしい。こちらを振り返って訊いた。

「何号室ですか！」

「そこまではわからない」

絵麻は西野に追いつきながら答えた。

「しょうがない。しらみ潰しにドアをノックしてみますか」

「その必要はなさそう」

絵麻はアパートの一階に四つ並んだ扉のうち、左端の扉に目を留めた。扉の隅に長方形のお札のようなステッカーが貼られている。近づいてみると、神護浄霊会の文字が読み取れた。

「ここですね」

西野が扉に耳をあてて中の様子をうかがう。「誰かいます」

「わかった。あんたちょっと下がってなさい」

「いや。僕が……」

「いいから下がって」

強い口調でいって、西野を扉から遠ざけた。このまま西野に扉をノックさせたら、扉を叩き壊してしまいそうだ。

ドアチャイムを鳴らし、呼びかけてみる。

「こんにちは」

じっと耳をそばだてた。部屋の中から物音が聞こえる。誰かがいるのは間違いなさそうだ。

いまにも扉を壊しそうな勢いの西野を目で牽制しつつ反応を待っていたが、扉の向こうから聞こえた声に虚を突かれた。

「はあい。どちらさまですか」

子供の声だ。振り返ると、西野も驚きに目を見開いている。

「こんにちは。警察です。お父さんかお母さん、いる？」

「ちょっと待ってください」

あどけない声が応え、気配が遠ざかる。

やがて扉が開き、現れたのは、神護浄霊会の杉並支部で会った女だった。向こうも覚えていたらしく、絵麻の顔を見て『驚き』を浮かべる。

「歌織ちゃん……？　えっ？」

歩み寄ってきた西野も、意外な展開に毒気を抜かれたようだった。

「どうなさったんですか」

田布施順子が不思議そうに首をかしげる。

「こちらに坂口琴莉さんはいらっしゃっていませんか」

「坂口、さん……？」

知らないふりをしているが、左手がせわしなく鳩尾のあたりを触るなだめ行動を見せている。

「看護師さんです。歌織ちゃんに病院での治療を継続してもらうようお願いするために、こちらに何度かおうかがいしているはずですが」

「ああ。あの坂口さんですね。いまは、いらしていませんけど」

よほど嘘をつき慣れていないらしく、視線が泳ぎまくっている。

じれったそうにしていた西野が、会話に割って入ってきた。

「嘘をつかないでください。坂口のスマホのGPS信号が、ここから発信されているんです」

強引な西野をたしなめようと思ったが、「えっ……」と順子が絶句している。このまま押すか。

「失礼しても？」

返事を待たずに靴を脱ぎ、部屋に上がり込んだ。

台所を抜け、居間に入る。狭い六畳間に母子二人ぶんの荷物を詰め込んだ、生活感あふれる部屋だった。隅のほうに設置された神棚だけが、日常を破壊するような異様な存在感を放っている。

「坂口はどこですか」

本来ならすぐにでも家捜しを開始したいぐらいなのだろうが、子供の存在が西野にブレーキをかけているようだ。

「いません」

絵麻たちの後から居間に入ってきながら、順子がいう。

「ならなんでこの部屋からGPSが」

昂《たか》ぶりを懸命に抑えながらの西野の問いかけに、順子は無言で押し入れの襖《ふすま》を開き、ハンドバッグを取り出した。

西野が飛びつくようにしてハンドバッグを受け取る。

「これは、坂口の」

声が震えていた。

「それにスマホが入っています。ずっとブンブン鳴っていたけど止め方がわからなくて、押し入れの奥にしまいました」

西野がバッグを開け、琴莉のものと思しきスマートフォンを取り出した。

「道理で何度鳴らしてもつながらないわけだ……」

液晶画面に残された自分からの着信履歴を見つめながら、西野ががっくりと両膝をつく。

「坂口さんはどこに？」

躊躇う様子を見せた順子だったが、最後にはきっぱりとかぶりを振った。

「教えられません」

「なんで！」西野が怒声を上げる。

「西野。歌織ちゃんを連れてちょっと出てなさい」

「いや。僕はここに――」

遮って低い声で告げた。

「時間がないの」

それでも不服そうにしていた西野だったが、やがて不承ぶしょうといった感じに頷いた。

「わかりました。歌織ちゃん、ケーキでも食べに行こう」

「ケーキはお姉ちゃんが買ってきてくれたのが冷蔵庫にある」

「じゃあ、ジュースだ。外でジュースでも飲もう」

おいで、と歌織の手をとり、西野が部屋を出て行く。

玄関の扉が完全に閉まるのを待って、絵麻は言葉を発した。

「坂口さんを罠にかけたんですか」

伏し目がちな順子には、さまざまな感情の微細表情が交差していた。彼女なりに葛藤があったのだろう。

「彼女が織田玄水の娘だということは、ご存じですよね」

――この名前……この子は信者なの？

景織子に確認しながら、それが同姓同名の別人であることを祈った。ありふれた名前ではないが、二人といないほど珍しい名前でもない。かりに本人だとしても、一般の信者ならなんの問題もなかった。カルトの信者だからといって、犯罪者というわけではない。

だがいやな胸騒ぎがした。自らの意思で入信した一般の信者ならば、西野に信仰を隠すだろうか。望まざる運命だったからこそ、西野に打ち明けられなかったのではないか。

――あら、私の妹をご存じなの？

そういって景織子は、してやったりという感じの笑みを浮かべた。逮捕されて観念したのか、絵麻に一矢報いた気になって開き直ったのか、その後景織子はこう供述した。

――信仰を捨てて教団から離れていたのに跡継ぎの座を狙って戻ってくるなんて、虫がよすぎると思いませんか。彼女の魂は、俗世の垢にまみれてすっかり穢れてしまっている。あまりに穢れ過ぎているから、いっそ転生したほうが早いでしょうね。それが彼女のためでもあるのです。

すぐに西野から電話をかけさせたが応答はなく、職場の病院に問い合わせたところ、夜勤明け非番日なので所在はわからないということだった。そこで通信会社に協力を依頼し、GPS解析で足取りを追ってきたのだ。

「最初は知りませんでした。ただ、あまりに熱心に通ってこられるので、牧師さまに告解したんです。彼女はとても感じの良い女性ですし、ともすればほだされて揺らいでしまいそうな自分が怖かったから。すると数日後に、景織子さまが訪ねてこられました。そこで初めて、彼女が棄教した会徒で、神護浄霊会を破滅へと導こうとしている悪魔の化身だと知らされました」

「坂口さんが悪魔の化身なんかではないことは、お母さまならよくご存じのはずです。坂口さんは歌織ちゃんへの現代医療による標準治療を再開してほしかった。歌織ちゃんをただ救いたかっただけです」

「私もそう思ったからこそ、彼女の訪問を受け入れていました。ですが考えてみれば、おかしなところだらけです。まったくかかわりのない赤の他人が、重い病だからといって、普通身元を調べて訪ねたりしますか」

「佳山景織子がそういったんですか。わざわざあなたたちの住所を調べて訪ねてきたのは、坂口さんがあなたたちを誘惑し、陥れようとしているからだ、と」

「そうです」順子は頷いた。

「少しは自分の感覚を信じてください。坂口さんは治療を拒む患者の自宅を訪問し、根気強く説得しようとするような善意の人だった。あなただってそう感じたからこそ、彼女の訪問を受け入れていたんでしょう」

「そう思っていました。ですが彼女の善意には、裏があったんです」

「裏なんてありません」絵麻はぴしゃりといった。

「裏があるというのは佳山景織子の勝手な決めつけで、あなたがそれを鵜《う》呑みにしているだけです。坂口さん自身がそういったわけではないし、それを匂わせるような行動もなかったはずです」

「そんなことはありません。見ず知らずの他人の身元を調べて自宅を訪ねるという行動自体が、考えてみればおかしいんです」

「考えてもみなさい」絵麻の強い口調に、順子が怯えたように目を見開く。

「……佳山にそういわれたんですね。考えてもみなさい、見ず知らずの他人の身元を調べて自宅を訪ねること自体が、おかしいじゃないか、歌織ちゃんを救おうとする以外の、隠された目的があるに違いない、と。ですが後から他人の行動を振り返り、悪意を持った印象操作をするのはいくらでもできます。大事なのは外野の意見ではなく、そのときあなたがどう感じ、どう行動したか、です。病に冒された見ず知らずの少女に親身になってくれる坂口さんにたいし、あなたは好ましい印象を持った。違いますか」

順子は答えない。だが頻発する『悲しみ』の微細表情が、絵麻の発言が的を射ていると裏づけていた。

「それに坂口さんの育ってきた境遇を考えれば、他人の身元を調べて訪ねるというおせっかいな行動にもじゅうぶんに納得ができます。坂口さんは母子家庭育ちで、母親は神護浄霊会の熱心な信者でした。歌織ちゃんと同じなんです。心理学的には歌織ちゃんに自らを『投影』し、肩入れしやすい状況でした。しかも歌織ちゃんは脳幹グリオーマという重い病に冒されていて、一刻も早く治療を受ける必要があった。看護師としての使命感もあり、坂口さんには現代医療の標準治療を拒否する母子を、黙って見過ごすことはできなかった」

「かりにそうであったとしても、私は歌織を病院になんて連れて行きません。高額な治療費を請求するばかりで、腫瘍はまったく小さくならなかったんですから」

「なりましたよね」

「それは浄めの儀式のおかげです」

「あなたがそう決めつけただけです」

順子が不服そうに唇を歪めた。

絵麻はいう。

「腫瘍が小さくなったことがわかったのなら、その時点でまだ病院に通っていたということです。放射線による治療も継続していたはず。なのになぜ腫瘍が小さくなったのは治療の効果ではなく、新興宗教の儀式のおかげになるんですか」

「それは……」

順子がいいよどむ。

「答えは簡単です。そうであると信じたい人間ばかりの環境に、身を置いていたからです。病状が改善した。すなわち、宗教儀式のおかげ。そういう思考を植えつけられた、ある意味で思考停止した周囲の信者たちに影響され、あなたは自分の娘に適切な治療を受けさせることをやめた。あなたは奇跡を望むあまり、現実から目を背け、自分の娘の生命を危機に晒した」

「そんなことはありません。どんな治療が適切なのかは、私が決めます」

「いいえ。あなたが決めることじゃありません。腫瘍が小さくなったかどうか、MRI検査をして客観的に判断することです。それに、宗教儀式は治療ではありません。気休めです。あなたの気休めに子供を付き合わせないでください」

「病院の治療では、病気はよくなりません」

「では訊きますが、信仰で腫瘍は小さくなったんですか」

「なりました」

「嘘です。いまは病院に通っていないので、MRI検査をする機会もないはずです。腫瘍が小さくなったのではなく、小さくなっている、と信じたいだけです」

「小さくなっています」

「それを客観的に裏づける証拠はありませんよね」

「実際にあの子が……歌織があんなに元気に振る舞っているんです。腫瘍が大きくなっているとしたら、あんなふうに振る舞えますか」

「あなた、本当に母親ですか」

「はあっ？」

順子が『怒り』を浮かべた。

「本当に、歌織ちゃんが心から元気に振る舞えていると、そう思っているんですか」

6

「本当にジュースだけでよかったの。美味しそうなの、ほかにもいろいろあるけど」

「いい。お腹空いてないから」

西野が差し出したメニューを見ようともせずに、歌織はかぶりを振り、メロンソーダのストローに口をつけた。

「ならいいんだけど、遠慮しないでいいからね」

「うん」

二人は田布施家から十分ほど歩いた場所にあるファミリーレストランのボックス席で、向かい合って座っている。

「このお店、よく来るの」

西野は訊いた。アパートを出た後で近隣の店を検索しようとスマートフォンを取り出したところ、歌織が「あのお店に行きたい」と手を引いてきたのだ。

「前はよく来た」

「前……？」

「教会に行き始める前。行き始めてからは、来てない」

教会に行き始める前ということは、神護浄霊会に入信する前ということだろうか。

「そうなの。どうして来なくなったのかな」

「お金がもったいないから」歌織は即答した。

「こういうところで無駄遣いするぐらいなら、神様にお布施したほうが、歌織の病気がよくなるんだって」

そこまで生活を切り詰めていたのか。娘のために一円でも多くお布施しようとする母の気持ちと、母が新興宗教にのめり込んだためにささやかな贅沢すらも我慢しなければならなくなった娘の気持ち。両方を想像し、西野は痛ましい気分になる。

「歌織ちゃん。パフェ、食べよう」

「えっ。いいよ。お腹空いてないし」

歌織がきょとんとしながら首をかしげる。

「いいんだ。食べよう。食べるべきなんだ。ぜんぶ食べきれなくても、残ったぶんはお兄ちゃんが食べてあげるから」

西野はテーブルの隅にあったボタンを押して店員を呼び寄せると、旬のフルーツを使ったパフェを二つ注文した。

「こんな大きいの食べきれないよ」

店員が立ち去った後、そういって困り顔をしていた歌織だったが、いざ実物を目の前にすると、笑顔でスプーンを動かし始めた。その様子を見ながら自分もパフェをぱくついていた西野だが、やはり琴莉のことが気にかかる。

楯岡さん、上手いことお母さんから情報を聞き出せただろうか。

ちらちらとスマートフォンを確認していると、おもむろに歌織が訊いた。

「琴莉お姉ちゃんは、お兄ちゃんの彼女なの」

生クリームを噴き出しそうになり、むせかえる。

「彼女じゃない。友達」

こぶしで胸を叩きながら答えた。

「友達？」

「うん。友達。歌織ちゃんにもいるだろう？」

不自然な間を挟んでの「うん」は、楯岡でなくても違和感を覚える。友達がいないのだろうか。もしかして、親の信仰のせいでいじめられたとか？

だが、違った。

「でも、『外』の人たちは穢れているから……」

後頭部を鈍器で殴られたような衝撃を受けた。

「『外』って、神護浄霊会の信者ではない人ってことかな」

「うん」

「じゃあ、おれもそうなのかな。歌織ちゃんにとっては、おれも……」

歌織が答えに窮しているのに気づいて、西野は言葉を呑み込む。

子供と議論してもしょうがない。熱くなる頭を冷やそうと、西野は無心でパフェをかき込んだ。

「ごめん。食べよう」

「琴莉お姉ちゃんは、大丈夫だよ」

ふいに歌織が発した呟きに、西野は顔を上げた。

「魂を浄めて生まれ変われば、来世ではきっと幸せになれる。いまは穢れてしまっているけれど、今生の汚れをすべて洗い流せば来世では……」

歌織が途中で言葉を切ったのは、西野の涙に気づいたからだった。

西野は目もとを覆って泣いた。子供の手前、我慢しようと思うが、後から後から涙があふれて止まらない。

嗚咽の狭間から、懸命に言葉を紡ぎ出す。

「穢れてても、汚れてても、いいんだ……来世なんかいらない。かりにどんな極悪人だろうと、自分の好きな人には生きていてほしい。おれにはいまが大事なんだ……いま、この瞬間、坂口に無事でいてほしいし、坂口に会いたい」

それだけいい終えるといよいよ堪えきれなくなり、両手で顔を覆った。

「穢れてるんだよ？　それでもいいの？」

西野に語りかける歌織の口調は、まるで駄々っ子をあやす大人のそれだ。

「かまわない。まっさらな人間なんて存在しないし、かりにそんな人間がいたってつまらない。人間は間違う生き物なんだ。間違えて、人を傷つけて、そんな自分が嫌いになって、それでも一生懸命前に進もうとするのがいいんだ。その姿勢が尊いんだ」

ときおりしゃくり上げながらいった。坂口が神護浄霊会の信者だったなんて、織田玄水の娘だったなんて、ついさっきまで知らなかった。高校時代からそんな素振りはまったく見せなかったから、自身が熱心な信仰を持ったことは、おそらくないだろう。

だが自我が芽生えるまでは親が絶対的な正義であり、人生の指針だ。幼いころは歌織と同じように教団施設に通い、浄霊の儀式の訓練に励んでいたはずだ。しかし成長するにつれ教義に疑いを抱き、信仰を拒絶し始める。西野と出会ったのは、たぶんそんな時期だ。

坂口はずっと悩んでいた。なのにそんなことはおくびにも出さず、いつも明るく振る舞っていた。

「おれはあいつのなにを見ていたんだ。ぜんっぜん力にもなれなくて、なにが友達だ。坂口……坂口……」

どうか無事でいてほしい。

周囲の客や店員の視線が集中しているのはわかっていたが、どうにも感情が抑えられなかった。一人で悩みを抱えていた同級生の心情を思うと、悲しくて、悔しくてたまらなかった。きっと打ち明けようとしたことだってあるはずだ。だが周囲の自分の見る目が変わってしまうのを恐れて、打ち明けることができなかった。そんな苦悩に、自分はまったく気づいてやれなかった。

肩をとんとんと叩かれ、顔を上げた。

いつの間にか席を立った歌織が、西野の隣に立っている。

歌織は西野を真っ直ぐに見つめていった。

「いまが大事だよね。来世なんて、いらないよね」

「歌織、ちゃん……」

歌織がなにをいわんとしているのか、西野にはわからない。

「早く帰ろう。琴莉お姉ちゃんを助けよう」

歌織は西野の手を取り、強く引っ張った。

7

「あなたにいわれなくても、歌織のことは私が一番よく知っています」

――あなた、本当に母親ですか。

絵麻のその問いかけに、順子は激昂した。

「本当ですか。本当に、きちんと歌織ちゃんに向き合ってあげているんですか」

たいする絵麻は、あくまで冷静だ。

「当たり前でしょう。歌織は私の娘ですよ」

「そうです。あくまであなたの娘さんです。あなたの所有物ではありません」

「わかっています」

「わかっているのなら、娘さんにも一個の人格があるのだということも、理解なさっていますよね」

「なにがおっしゃりたいんですか」

「言葉通りのことです。それ以上でも以下でもありません」

順子は立ち上がり、玄関のほうを指差した。

「帰っていただけますか」

「坂口さんの居所を教えていただければ帰ります」

「知りません」

「それは嘘です」

「本当に知らないんです」

「さっき同じ質問をしたときの答えは、教えられません、でした。知らない人はそんなふうに答えません」

「いい間違えただけです」

「嘘です。左手が鳩尾のあたりを触っています。あなたが嘘をつくときに出る、なだめ行動です」

「なだめ行動？　なんですかそれは」

よくわからないなりにまずいと思ったのだろう、順子が自分の左手を、右手でつかんでおろす。

「このまま坂口さんが殺害されれば、あなたを殺人の共犯として逮捕せざるをえなくなります。そうなれば歌織ちゃんは独りぼっちです」

「それも運命です」

「それが母親の台詞ですか」

「母だからこそ、娘のために徳を積もうとしているんです」

「殺人の片棒を担ぐことがですか」

「穢れた魂を浄化することがです」

「織田玄水は殺害されました」

順子の顔に『驚き』が走る。

だがどうやら現実を受け入れずに『逃避』するようだ。

「嘘です」

「嘘ではありません。佳山景織子によって殺害されていたんです。遺体は増築された教団施設の地面の下に埋められています」

「景織子さまが認められたんですか。開祖さまを殺したと」

「いえ。でも状況証拠は揃っています」

「ご自身が認められていないのなら、私は信じません。景織子さまを陥れようとする、警察の陰謀です」

「警察を悪者に仕立てるのは勝手ですが、織田玄水が死んだのは、紛れもない事実です」

「死は終わりではありません。始まりです。開祖さまは来世の復活にそなえてお休みになられているのでしょう」

やはりまともな議論にならない。このままでは埒《らち》があかないと、絵麻が顔をしかめたそのとき、玄関のチャイムが鳴った。すぐにノックの音も聞こえてくる。

「お母さん！　開けて！」

歌織の声だ。

順子は戸惑った様子だったが、何度も呼びかけてくる娘を放っておくこともできないようだ。おもむろに立ち上がり、玄関に向かう。

やっと来てくれたか。

絵麻も台所の入り口から玄関を見つめた。西野と歌織を二人で外に出したのは、絵麻が順子を説得するためではなかった。このときを待っていたのだ。狙い通りの展開になってくれと、祈るような気持ちになる。

順子が鍵を開け、扉を開く。

すぐに歌織が飛び込んできた。開いた扉の向こうには、西野の姿もある。

「どうしたの、歌織」

歌織は母を見上げ、しかしいったん視線を落とし、勢いをつけるように深呼吸してからふたたび顔を上げた。

「私、ずっと具合悪い」

奇妙な沈黙がおりた。

歌織は訴えかけるような眼差しで順子を見つめているが、当の順子は、娘の発言の主旨が呑み込めないようだ。

順子はしばらく硬直していたが、やがて弾かれたように動き出した。

「具合が悪いの？　じゃあ、早く浄めの儀式を」

娘の手を取り、室内に招き入れようとするが、歌織は手を振ってそれを拒絶する。

「違うの。それじゃ効かないの」

「どうしてそんなことをいうの。これまではすごく効いていたじゃない。もしかして、あのお兄さんになにか変なことをいわれたのね。そうなのね」

西野を睨む順子に、歌織はいった。

「違う。ぜんぜん違う。そうじゃなくて、浄めの儀式で具合がよくなったことなんて、一度もないの！　よくなったふりをしてただけなの！」

娘の告白に順子が大きな衝撃を受けたのは、後ろ姿だけでもわかった。

――よかった。魂が浄められた。

杉並の教団施設で絵麻に清めの儀式を施した後、歌織は満足げに頷いた。

だがその直前に、顔を左右に振るマイクロジェスチャーを見せていた。

歌織が申し訳なさそうに目を伏せる。

「すごくふらふらするし、ものすごく吐き気がすることもある。お母さんに内緒で、何度もトイレで吐いた。いまも頭が痛い」

まだ消化しきれないらしく、順子はしばらく無言で立ち尽くしていた。

三十秒ほど経って、ようやく言葉を絞り出す。

「どうしてそんなことを……」

「そのほうがお母さん、嬉しいでしょう」

歌織は泣きそうに顔を歪めている。

「そんな……」

順子はがくんと膝を落とし、娘の両肩をつかんだ。

「そんなことない！　よくなってないのによくなったなんて、お母さん、歌織にそんなことといってほしくないよ！　正直に感じたままをいってほしかったよ！」

「ごめんなさい。最初に教会で浄めの儀式を受けたとき、身体が軽くなった気がするっていったら、お母さんが飛び上がって喜んでいて、あんなに喜んでいるお母さんのこと、すごく久しぶりに見たから私も嬉しくて、もうお母さんのことがっかりさせたくなくて……だってお母さん、よくこっそり泣いてたでしょう？　私のせいで、私が病気になったせいで」

順子はそれ以上の発言を遮るように、娘をぎゅっと抱き締めた。

「もういい。お母さんのほうこそごめんなさい。お母さん、歌織のこともっとちゃんと見ておくべきだった。歌織の病気がよくなってほしいということばかり考えていたせいで、歌織に病気がよくなったふりをさせてしまってたなんて、それに気づけなかったなんて……お母さん失格ね。本当にごめんなさい」

涙ながらの母の謝罪に、歌織は大きくかぶりを振って応じた。

「ううん。お母さんは悪くない。歌織のほうこそごめんなさい」

歌織の目から大粒の涙があふれ出す。それをきっかけに、歌織は子供らしい感情を取り戻したようだった。声を上げて泣き出した。

「ごめんね。ごめんね」

娘をきつく抱き締めながら、母も声を上げて泣いた。

抱き合う母子の向こうでは、西野が目もとを拭っている。

やがて涙を収めた歌織が、思い出したように母にいった。

「お母さん。琴莉お姉ちゃんを助けて。歌織、お姉ちゃんのこと大好きだから、死んでほしくない」

「うん。わかった」

驚くほどあっさりと頷いた順子が、絵麻を振り返る。

「坂口さんがどこに連れて行かれたのかまではわかりません。ですが坂口さんを拉致した会徒の名前と、彼らが乗っていた車の車種をお教えします」

順子は三人の男性信者の名前と、車種を告げた。

「西野。いまの情報を本部に!」

それまで呆然としていた西野が弾かれたように動き出し、懐からスマートフォンを取り出した。

8

川崎市郊外にあるマンションの周辺には、夜の闇に紛れるようにして、何台もの警察車両が集結していた。

田布施順子の情報によれば、琴莉を拉致した信者は増岡承平《ますおかしようへい》、福森孝之《ふくもりたかゆき》、桐ヶ谷《きりがや》均《ひとし》の三人で、拉致に使用された車両は黒いハイエースだったという。すぐに捜査本部に情報を伝えて調べさせたところ、桐ヶ谷の名義で車検登録されたハイエースがあった。その車両のナンバーをNシステムにかけて足取りを追い、このマンションに辿り着いたのだった。駐車場には、桐ヶ谷所有のハイエースが駐車している。

マンションは全七十二室。分譲タイプだが、各部屋の所有者名義を調べても、拉致の実行犯とされる三人の名前は見つからなかった。前島のケースのように、ほかの信者が所有する不動産を使用している可能性が高い。

すでに午前二時をまわっており、ローラー作戦で各部屋を訪ねるのも難しい。下手に動き回ると犯人グループを刺激するおそれがある。マンションの周辺に配置された捜査員たちは、配布された三人の実行犯の顔写真を手に、じっと息を潜めていた。その中にはもちろん、絵麻、西野、筒井、綿貫もいる。

「坂口。無事かな」

西野がせわしなく首を動かし、マンションのほうをうかがう。

「大丈夫。これまでの犯行を考えても、積極的に暴力を振るうような連中じゃない。それよりあんた、もうちょっと落ち着きなさい。私とあんたはカップルってことになってるんだから」

「見えますかね」

絵麻は西野の腕に自分の腕を絡めていた。

二人はマンションとは一本道路を隔てた小さな公園のベンチに座り、マンションへの出入りを監視している。絵麻が耳に装着したインカムでは、各捜査員の報告がひっきりなしに飛び交っている。

「たしかに私とあんたじゃ月とすっぽんだし美女と野獣だけど、カップルに見えるかどうかは容姿の釣り合いが問題じゃない。二人の距離だとか、視線をどれだけ合わせているかだとか、笑顔だとか、そういったしぐさや表情の発するメッセージが大事なの。だいたい、あんた固すぎなのよ」

「え。普通にしてますけど」

「それのどこが普通なの」

西野は身体の中心を針金で貫かれたかのように、背筋を真っ直ぐにのばしていた。握ったこぶしを両膝の上に置き、面接に臨む就活生のようだ。

「どうすればいいんですかね」

「いつもキャバクラでやってるみたいに振る舞えばいいじゃない」

「いつも……いつも、どうやってるんだっけ」

意識しすぎたせいでいろんなところに余計な力が入ってしまったようだ。ロボットのようなカクカクとした動きになっている。

駄目だこりゃ。

絵麻が夜空を仰いだそのとき、インカムから筒井の声が聞こえた。

『自転車置き場で福森孝之と思われる男を確保した』

急いで自転車置き場に向かってみると、筒井と綿貫が体格の良いスキンヘッドの男と揉み合っていた。配布された写真の男と考えて間違いなさそうだ。

「こら。暴れるんじゃない」

身体を左右にひねって抵抗する福森を、筒井が小声でたしなめる。だが福森には、いうことを聞く気などなさそうだ。筒井を突き飛ばし、背後から羽交い締めにしようとする綿貫を振り払って抵抗している。

絵麻の隣から福森に素早く近づく人影があった。

西野だ。西野は福森の振り回す腕をつかみ、背負い投げした。宙を舞った福森の身体が、地面に叩きつけられる。間髪入れずに福森の背後をとった西野が、福森の首に腕を巻きつけ、チョークスリーパーをかけた。頸動脈を圧迫された福森の顔が、みるみるどす黒くなる。

「待って、西野。落としたら情報を聞き出せない」

絵麻に肩を叩かれ、西野はようやく我に返ったようだった。福森がむせ返りながら喘ぐ。

絵麻はしゃがみ込み、福森と視線の高さを合わせた。

「福森孝之ね」

福森は答えない。顔を背けて抵抗の意思表示をした。

「おら。ちゃんと答えろ」

西野が背後から福森の頭を両手で挟み、絵麻のほうを向かせようとする。

「やめなさい。マイクロジェスチャーは出てるから平気」

熱くなる西野をたしなめ、絵麻は福森に語りかける。

「坂口琴莉さんを監禁しているのは、何号室なの」

「誰ですかそれは」

「一階？」

「なんの話ですか」

「二階？」

「私はこのマンションの住人で、コンビニに買い物に行こうとしただけで――」

なだめ行動だらけの説明を無視して、問いかけを続ける。すると「五階」という言葉に、視線を逸らすマイクロジェスチャーが表れた。念のためにもう一度確認してみる。

「五階なの？」

「知らない」

顔を横に振る直前に、頷きのマイクロジェスチャー。五階で間違いなさそうだ。

「五階の何号室？　五〇一？」

「だから知りませんってば。なんの話ですか」

懸命にとぼける福森には、しかし明らかな『恐怖』が表れていた。

問いかけを続けるうちに「五〇五」という単語に強い反応があった。

「五〇二？」

言葉による回答は必要ない。まぶたを大きく開き、小鼻をわずかに膨らませ、瞳孔を収縮させた『驚き』の表情でじゅうぶんだ。

「五〇五号室なのね」

呆然とした様子で半開きにされた福森の口もとに、わずかに力がこもる。

まずい！

絵麻はとっさに手をのばそうとしたが、西野のほうが反応が速かった。

「け……」

福森は警察が来たぞ、と叫ぼうとしたのだろうが、西野に口もとを手で覆われる。

「おい。早いとここいつをどっか連れてけ」

駆けつけた捜査員に筒井が指示を出した。

二人の捜査員に両脇を抱えられるようにしながら、福森が連行されていく。

「ちょっと待って」

絵麻は捜査員たちを呼び止め、福森に近づいた。

「西野。ポケット探って。この時間に一人で外出しようとしたのなら、間違いなく部屋の鍵を持ってる」

「わかりました」

西野が福森を身体検査する。

チノパンの前面右側のポケットになにかを発見したらしく、手を突っ込んだ。

「ありました」

西野の手には、たしかに鍵が握られていた。

福森の身柄をほかの捜査員たちに引き渡し、絵麻たちはマンションに入った。

非常階段で五階へとのぼり、五〇五号室の扉の前に立つ。

扉には田布施家にあったお札のような、わかりやすい目印がない。

「この部屋で大丈夫だろうな、楯岡」

扉周辺を観察しながら筒井がいう。

「その鍵が合ったら、その時点で大丈夫です」

絵麻は綿貫が手にしている鍵を目で示した。福森が所持していた鍵だ。

「それもそうだな」

ふっと笑みを漏らした筒井が、真顔になり、やれ、という感じに顎をしゃくる。

綿貫が頷き、鍵穴に鍵を差し込んだ。

手首をひねる。かちゃり、とロックの外れる音がする。

ノブを握った綿貫が振り返り、行きますよ、という感じの目配せをくれた。

綿貫が手首をひねり、扉を引く。

すると次の瞬間、ゆっくりと引かれたはずの扉が、急に大きく開け放たれた。

扉を押し開けたのは西野だった。呼び止める間もなく、室内に飛び込んでいく。

「坂口！　どこだ！」

「馬鹿、あいつなにやってんだ！」

筒井と綿貫、絵麻も慌てて西野の後を追った。

「なんですかあなたは！」

奥の部屋から眼鏡をかけた男が出てきた。配布された写真で見た顔だ。桐ヶ谷均。

「坂口を返せ！」

桐ヶ谷につかみかかった西野が、そのまま廊下を突進する。桐ヶ谷は自分が出てきたばかりの部屋へと押し戻されるかたちになった。

そこには増岡もいたようだ。

「あんた、誰だ！」という、桐ヶ谷とは違う男の声が聞こえる。

「警察だ！」

西野の雄叫びとともに、どすん、どすん、という地面を揺るがすような大きな音が響いた。

筒井と綿貫に続いて絵麻が部屋に入ったときには、すでに桐ヶ谷と増岡は床に倒れていた。柔道の技をかけられたのだろう。頭や腰を押さえて痛そうに呻《うめ》いている。

「おいおい。やり過ぎじゃないか」

「西野。落ち着け」

桐ヶ谷と増岡を拘束しながら、筒井と綿貫が口々にいうが、西野はすでにこの部屋にはいない。引き戸を開けて隣の部屋へと移動しているようだった。

「西野。あんた、少し落ち着き……」

西野を追って部屋を移動しようとした絵麻は、見えない壁に衝突したように足を止めた。

照明の点いていない暗い部屋の奥には、しゃがみ込んだ西野の背中があった。その奥には、両手両足を拘束され、猿ぐつわを嚙まされた琴莉の姿が見える。壁を背にして座らされているようだ。

「大丈夫か。坂口」

拘束を解かれた琴莉が、西野の胸を殴る。

「遅い！」

西野は虚を突かれた様子だったが、琴莉の目に涙が浮かんでいるのに気づいたらしい。素直に謝った。

「ごめん」

「遅いよ！」

何度も殴ってくる琴莉の肩を、西野は最初遠慮がちに、しかし最後にはぎゅっと抱き締めていた。

9

「では僭越《せんえつ》ながら、不肖、私、綿貫慎吾《しんご》が今回の乾杯の音頭をとらせていただきます」

ジョッキを手にした綿貫が、もったいつけるように、おほん、と咳払いする。

「いいからさっさとやれよ」

筒井から面倒くさそうに急かされても、綿貫は意に介さない。

「このたびは無事に多摩川河川敷身元不明男性死亡事件を、佳山景織子を主犯とした傷害致死事件として立件できただけでなく、それが佳山景織子の指示による全国二十以上の殺人、あるいは傷害事件を掘り起こすことにつながり、国民の安全な生活の保持に大きく寄与する結果となったことを、大変喜ばしく――」

演説が長引きそうなので、絵麻はさっさとジョッキを突き出した。

「乾杯」

「乾杯。お疲れ」

絵麻とジョッキをぶつけた筒井が、ぐいっとビールを呷《あお》る。

「あぁっ。まだ途中だったのに」

不満そうな綿貫だったが、筒井、絵麻と次々にジョッキをぶつけられ、「お疲れさまです」とジョッキをかたむけた。

三人は新橋ガード下の居酒屋のカウンターで肩を並べていた。事件解決ごとに行う、恒例の祝勝会だ。

「しかしあれだな、あんだけの事件を起こしておきながら、まだあの宗教を信じる人間もいるんだな」

筒井がぷはあと美味そうな息を吐きながら、ジョッキをカウンターに置いた。

神護浄霊会のお家騒動、そして教団を私物化した佳山景織子による信者への血の粛清にかんしては、連日マスコミで報じられている。教団自体は宗教法人としての認可を取り消され、看板を下げることになったものの、いくつかの残党に分かれて宗教活動を継続するらしい。

「人間にとって重要なのは、信じる対象が正しいかどうかじゃないんです」

絵麻の言葉に、綿貫が首をかしげる。

「じゃあ、なにが重要なんですか」

「自分を肯定してくれるかどうか」

「ずいぶん自分勝手な考え方をする連中だな」

綿貫があきれたように吐き捨てる。

そんな綿貫を、絵麻は鼻で笑った。

「まるで他人事ね」

「他人事ですよ。おれはそんな自分勝手な考え方はしないですもん」

「どうだかな」

今度は筒井が鼻で笑った。

「筒井さんまで、なんですか」

綿貫がむっとする。

「おまえ、このところ健康のために毎朝水素水を飲んでるっていってたよな」

「ええ。それがなにか」

まずいところを突かれたという顔だ。

「水素水に健康増進効果はないって、この前、国民生活センターが声明を出してたぞっておれがいったら、自分はお通じがよくなる実感があるからいいんですって、いい張ってただろう。せっかく調子がよくなってると思っているのに、余計なことをいって水を差さないでくださいって、逆ギレまでしてたよな」

「それは……」綿貫が唇を歪める。

「それはでも宗教じゃないし、関係ありません」

筒井が手をひらひらとさせる。

「関係ないことなんてあるか。宗教なんて大上段にかまえてるとおおごとのように感じるし、自分は無関係だと片付けられるかもしれないが、ようはそういった小さな思い込みと正当化の積み重ねに過ぎない。だよな、楯岡」

「筒井さんにしては珍しく冷静で的確な分析ですね」

絵麻がいうと、筒井が苦笑した。

「たまには素直に人を褒められないもんかね」

「これでも褒めてます」

「そんなんだから嫁の貰い手もないんだろう」

「筒井さんみたいに家庭で邪魔者扱いされるようになるのに、わざわざ結婚するメリットってなんですか」

軽口を叩き合う二人の横で、綿貫が口を尖らせる。

「お二人ともそういいますけど、自分は怪しげな新興宗教なんかを信じることはないし、ぜったいに騙されませんから」

絵麻と筒井は互いの顔を見合った。

「なんでおまえ、そんなに自信満々なんだ」

筒井の質問に、綿貫は胸を張った。

「自信があるからです」

「だからその自信はどこから来るんだって」

「これまで騙された経験がないからです。おれは大丈夫。おれはぜったいに騙されません」

筒井が信じられないという顔で絵麻を見る。

　絵麻は肩をすくめた。

「まあ、それまで当然だと思っていたことを当然でないと認めるのは、よほどの出来事でもないと難しいと思います。場合によっては、それまでの人生を否定することにもなるんですから」

　そう。それこそ宗教儀式で病状が改善したといっていたはずの娘の発言が、すべて母を喜ばせるための嘘だった、というぐらいの衝撃がないと、それまで信じていた価値観を覆すことなどできない。だからそれほどの経験をしていない信者たちは、あれだけの事件が起きた後でも、教団の教義自体は間違っていないと『合理化』し、信仰にすがり続けるのだ。

「それまで当然だと思っていたことが当然でなくなったといえば、おまえはどうなんだ」

　筒井は空のジョッキを掲げ、おかわりを要求しながらいった。

「なんの話ですか」

　首をかしげながらも、絵麻には筒井のいわんとすることがわかっていた。

「この状況。当然じゃないだろう」

　筒井は絵麻と綿貫を順に見る。

「いつもならここにいるのは、おれたちじゃない」

そこまで聞いて、綿貫もようやくピンときたらしい。なるほど、という顔になる。

絵麻はつとめて平静を装った。

「いいことだと思いますよ。ちょうど私も同じ顔ばかり見て飲むのに飽きてきたころだし。それはあいつも同じだったんじゃないですか」

「強がってるな」

筒井が意地悪な横目を向けてくる。

「強がってません」

「綿貫。どう思う」

筒井に水を向けられた綿貫が答える。

「強がっています」

「強がってないってば」

殴る真似をすると、綿貫が両手を上げて身を引いた。

「本当にか」

筒井が嬉しそうに語尾をうねらせる。

絵麻はジョッキを大きくかたむけ、中身を空にした。

「本当に、です」

空になったジョッキをカウンターに置くときに、思いがけず大きな音がした。

10

「私、ここだから」

琴莉がふいに足を止め、地下通路の出入り口を指差した。

「あ。そう」

てっきりJR線の改札まで一緒だと思っていた西野は、予想よりも早い別れの訪れに、少し寂しい気持ちになる。

「今日はどうもありがとう」

「礼なんて水臭い。歌織ちゃんが元気でやっているのか、おれだって気になっていたんだ」

二人がいるのは新宿だった。帝国女子医大に入院している歌織を見舞った後で、せっかくなので夕飯でも一緒に食べようという話になり、その後は二軒の居酒屋とバーをハシゴして、あっという間に終電間際の時間になったのだった。

母の順子から聞いた話によれば、歌織の病状は一進一退だという。医師からはいつそのときが来るかわからないので、覚悟だけはしておいてくださいといわれているらしい。だがそれでも、順子はもう宗教に逃げるようなことはないと断言した。娘の死は怖いし、それが現実になったとき、自分がどうなってしまうかはわからない。けれども娘が懸命に病と戦っている以上、私が現実から目を背けるようなことをしてはいけない。そういい切る順子は、まさしく母というべき、凜とした力強さをまとっていた。

「じゃあ、ね」

琴莉が胸の前で小さく手を振り、地下通路のほうに体重をかける。

「坂口」と、西野は琴莉を呼び止めた。

「なに」

「ごめんな」

なににたいする謝罪なのかわからなかったのだろう。琴莉が不思議そうに首をかしげる。

「その……なんていうか、おまえを一人で悩ませてたから」

琴莉がにっこりと笑った。歩み寄ってきて、西野の二の腕を小突く。

「なにいってんだよお。西野が謝ることじゃないでしょう。私が話してなかったんだから」

「でも、気づいてやるべきだった」

「そんなの無理に決まってるじゃない。超能力者じゃないんだから」

そこまでいって、琴莉がはっとなにかを思い出したような顔になる。

「でも、そうか。西野は行動心理学を駆使して相手の嘘を見抜く、捜査一課の最終兵器だったっけ。だったら、私の考えてることぐらい、わかるはずよね」

「勘弁してくれよ」

西野ががっくりと肩を落とすと、琴莉は屈託なく笑った。

「ねえ、西野。最後にあれやってみせてよ。キネシクス」

「無理だって」

「お願い。私の考えてることを、当ててみせて」

「やめろって。これ以上いじめないでくれよ」

「おーねーがーい」

琴莉が西野のジャケットの袖をつかみ、左右に揺さぶる。

「いい加減にしろってば。ぜんぶ白状しただろう。あれは先輩の栖岡さんの話で、おれのことじゃ――」

無視して言葉をかぶせられた。

「じゃあ、ヒント出してあげる」

「ヒントって、それキネシクスじゃなくてもはやクイズじゃ……」

そこまでいったところで琴莉に口づけされ、西野は言葉を失った。唇に触れる柔らかい感触。顔じゅうが急激に熱を持ち、呼気が湯気を放ちそうだった。

「ここまでヒント出したら、わかるでしょう？　私の考えていること」

高熱に冒されたように、頭がぼんやりとしている。なにも考えられない。悪戯《いたずら》っぽい上目遣いで見つめられ、「はあ」と生返事しか出てこない。

「これから私の部屋、来る？」

「はあ」

「なにその返事」

「はあ」

「もう。馬鹿」

琴莉はそういって満面に笑みを浮かべた。西野の手に、琴莉の手が絡みつく。

琴莉に手を引かれるままに、西野は地下通路への階段をおりていった。

第一章は「『このミステリーがすごい！』大賞作家書き下ろしＢＯＯＫ ｖｏｌ．22」（二〇一八年九月）に掲載、第二章・第三章は書き下ろしです。

この物語はフィクションです。作中に同一の名称があった場合でも、実在する人物、団体等とは一切関係ありません。

宝島社
文庫

セブンス・サイン　行動心理捜査官・楯岡絵麻
(せぶんす・さいん　こうどうしんりそうさかん・たておかえま)

2018年11月12日　第1刷発行
2020年6月6日　第3刷発行

著　者　佐藤青南
発行人　蓮見清一
発行所　株式会社 宝島社
〒102-8388　東京都千代田区一番町25番地
電話：営業 03(3234)4621／編集 03(3239)0599
https://tkj.jp
印刷・製本　中央精版印刷株式会社

ISBN 978-4-8002-9000-7

「行動心理捜査官・楯岡絵麻」シリーズ　**最新刊**

動画配信者が殺された事件の裏にある真実をあぶり出す!

チャンネル登録者数十万人を超える人気の動画配信者が殺された。重要参考人である暴力団組員の男の取り調べを担当した絵麻は、意外な真相にたどり着く。その後も、強盗殺人事件やホームヘルパー殺害事件などを解決する絵麻だったが、通り魔事件被疑者の取り調べで予想外の事実を知り——。

定価: 本体660円 +税

『このミステリーがすごい!』大賞は、宝島社の主催する文学賞です(登録第4300532号)　**好評発売中!**